FOLIO POLICIER

Matti Yrjänä Joensuu

Harjunpää
et les lois de l'amour

Traduit du finnois
par Paula et Christian Nabais

Gallimard

Titre original :

HARJUNPÄÄ JA RAKKAUDEN LAIT

© *Matti Yrjänä Joensuu, 1985.*
First published by Otava Publishing Company, Helsinki.
© *Éditions Gallimard, 1999, pour la traduction française.*

Né en 1948, Matti Yrjänä Joensuu occupe depuis 1986 le poste d'inspecteur divisionnaire au sein de la brigade criminelle d'Helsinki. Il a par ailleurs connu le succès dans son pays en écrivant des romans policiers dont le héros, l'inspecteur Harjunpää, s'est imposé par son spleen désabusé pétri d'humanité.

1

Gueule de Mouton

Il était étendu sur le lit, couché sur le dos, un bras replié sur le front comme s'il dormait. Mais en réalité il était bien éveillé. Il observait à travers ses paupières la chambre gagnée par l'obscurité et prêtait une oreille distraite aux bruits en provenance de la cuisine — une assiette tinta contre l'évier, puis ce furent les fourchettes et les couteaux. Il pensa un instant aux gestes de la femme. Il les devinait comme s'il les voyait. Une partie de lui-même calculait depuis combien de minutes il se prélassait et combien de minutes allaient encore s'écouler avant qu'elle ne réagisse d'une manière ou d'une autre. Mais avant tout, il se demandait pourquoi il lui était si difficile ce soir d'être Torolf Anders Backman, contrôleur général de la Surveillance du Territoire.

Pas difficile pourtant au point de ne pas réussir à l'être pour la femme, Helena. Ça, il y arrivait toujours. Mais ce n'était pas suffisant. Il ne l'était pas pour lui-même. Et chaque fois qu'il n'était pas pour lui-même celui qu'il était censé incarner selon les circonstances, il avait l'impression d'être détaché de tout, du monde entier. Comme une créature désincarnée qui voyait à travers toutes les Helena, savait exactement ce qu'elles allaient dire ou faire à chaque instant. Comme s'il lisait presque dans leurs pensées.

C'était grisant. Il ressentait sa propre supériorité. Il était en réalité un être hors normes et tout ce qu'il faisait se trouvait ainsi justifié. Mais le danger était toujours là, de façon pernicieuse : il était agacé par la stupidité de toutes ces Helena, même si cette stupidité lui était indispensable. L'agacement se transformait presque chaque fois en mépris et, de là, il n'y avait qu'un petit pas qui menait à la haine. Et sous l'emprise de la haine, même un homme intelligent commettait des erreurs.

Alors que Torolf réfléchissait, il resserra ses lèvres. Pendant un instant, sa bouche ressembla à un gastéropode sorti de sa coquille. Il avait déjà commis deux erreurs, non ? Pour commencer, il avait abordé les problèmes financiers liés à la maladie de son frère, alors que moins de deux semaines s'étaient écoulées depuis la dernière fois. Et la deuxième erreur, il était en train de la commettre juste à l'instant : il se vautrait paresseusement sur le lit. À aucune de ses visites il ne s'était encore permis une chose pareille. Au contraire, il avait chaque fois quasiment forcé Helena à se reposer et s'était occupé seul de mettre la cuisine en ordre.

Torolf rectifia précautionneusement la position de ses jambes — il n'avait ôté que sa veste et ne voulait pas froisser son pantalon. Après avoir trouvé une position plus confortable, il retint son souffle et pensa à Helena. Non, aucun de ces deux points ne constituait une erreur irrémédiable. En fait, tout reposait en dernier lieu sur une seule donnée : à quel degré Helena était amoureuse de lui, à quel degré l'aveuglement et le désir viscéral de possession faisaient désormais rage derrière son front poudré.

— Toffe ?

C'était Helena. Elle était enfin apparue à la porte. Il la voyait par-dessous son bras : elle se tenait debout sur le seuil du salon, la tête penchée dans une attitude interrogatrice. La lumière de la cuisine se reflétait derrière elle et ses cheveux brillaient comme une auréole, mais son visage n'était qu'une ombre, se confondant avec l'obscurité de la chambre. Il ne pouvait pas percer à jour ses sentiments.

Mais elle l'avait appelé Toffe. « Torolf » avait donc été un choix judicieux, même si Helena avait mis deux bons mois avant de trouver son « Toffe ». Pour elle, ce prénom était très approprié, car — comme il l'avait tout de suite remarqué — elle grasseyait très légèrement les « r ». George aurait été en réalité encore plus efficace — aucune bouche de Finlandaise ne réussissait à le maîtriser. Si la femme ne savait pas prononcer le prénom de l'homme, elle avait le dessous dès le début et s'ingéniait à inventer un diminutif, et sa défaite devenait alors encore plus cuisante. Car elle ouvrait irrévocablement une certaine porte.

Torolf restait couché, immobile. Il attendait. Helena ne réitéra pas son appel. Elle ne souhaitait pas le réveiller. Donc elle ne lui en voulait pas. Elle jeta un coup d'œil derrière elle. Pendant un court instant, son visage fut pleinement visible — elle souriait, légèrement et tendrement. Un tel sourire sur son visage affecté de femme d'affaires était quelque chose de nouveau. Il sut qu'Helena allait s'approcher. Elle ne pouvait faire autrement — si elle n'arrivait pas à trouver un meilleur prétexte, elle viendrait par exemple fermer la fenêtre pour le préserver d'un courant d'air. Ses paupières s'abaissèrent et sa propre négligence le surprit — pourquoi ne lui était-il pas venu plus tôt à l'esprit qu'Helena n'avait pas d'enfant ? Il se souvenait pourtant parfaitement de la très ancienne vérité selon laquelle même les vaches stériles ne peuvent s'empêcher de lécher un veau.

Helena entra dans le salon et se dirigea vers le fauteuil. Torolf percevait le bruit mat de ses pieds contre le parquet. De vilains pieds, avec les gros orteils déformés par des oignons. Elle s'arrêta et prit quelque chose. Une couverture vraisemblablement. Puis elle se retourna et commença à s'approcher de la chambre. Il perçut un léger courant d'air sur sa joue et sentit aussitôt après le parfum d'Helena. L'odeur de ses aisselles légèrement moites, aussi. Et voilà. Avec délicatesse, elle

12

étendit la couverture sur lui et resta debout à ses côtés. Elle souriait à coup sûr, du même sourire que tout à l'heure, à la porte. Et elle se demandait si elle allait oser le toucher d'une manière ou d'une autre. Gagné ! Elle se mit à lui caresser les cheveux. Torolf bougea vaguement les doigts, comme on bouge ses doigts dans le sommeil, et un léger soupir de satisfaction s'échappa de sa poitrine. Helena retira sa main. Elle referma la porte de la cuisine derrière elle en silence.

Torolf resta immobile. La force et l'assurance se nichaient aux tréfonds de son être, puissantes. Ensemble, elles palpitaient comme un organe indépendant. Il ne voulait pas les déranger. Il voulait écouter leur chant, et elles chantaient que parler d'argent ne serait pas une erreur, qu'il était temps d'accélérer la cadence, que l'hameçon était accroché aux entrailles d'Helena, qu'elle était vraiment riche — en plus de son appartement, elle possédait un local commercial dans la rue Frédrik où elle tenait un salon de coiffure — et la force et l'assurance chantaient que les salons de coiffure rapportaient bien, plusieurs dizaines de mille par mois.

Torolf remua et ouvrit les yeux. Il réfléchit rapidement à la somme qu'il demanderait cette fois-ci. Non. Ne pas demander. Laisser Helena lui offrir. Il lui sembla que quinze mille serait une somme appropriée, en adéquation avec le texte de la lettre. La progression resterait constante, ce qui serait tout aussi bien. La première fois, il avait obtenu cinq mille marks. Cet argent, il ne l'avait pas utilisé. Ou plutôt, si, il l'avait utilisé en ne l'utilisant pas — il avait acheté la confiance d'Helena et avait ouvert la voie. Il n'avait pas attendu un mois, contrairement à ce qu'ils avaient convenu. Il avait remboursé l'argent au bout d'une semaine et l'avait bien évidemment remerciée de la part de son frère pour ce prêt. La deuxième fois, Helena lui avait fait un chèque de dix mille marks. De cette somme-là, il n'avait restitué que trois mille marks, au titre du premier remboursement. Quant au reste, il savait qu'Helena n'aurait pas le cœur de le réclamer de sitôt. Et plus tard, ce serait inutile.

Dans la cuisine, un robinet fut ouvert. Torolf sursauta, bondit hors du lit et s'élança vers la porte. Il ne prit même pas le temps de s'arrêter pour se débarrasser de la couverture qui s'était entortillée autour de sa cheville — il la traîna derrière lui, comme un de ces enfants qui traînent partout leur chiffon fétiche, offrant une vision comique. C'était bien là le but. Il ouvrit la porte à la volée et surgit dans la cuisine, les deux bras tendus. La lumière l'éblouit. Il dut cligner des yeux, comme s'il se débarrassait des vestiges du sommeil.

— Helena ! s'exclama-t-il. Je t'en prie ! Laisse-moi...

Helena pivota d'un bloc et pendant un court instant, le temps que dura sa petite frayeur, elle se dévoila sans fard, révélant précisément ce qu'elle était : une femme tout à fait ordinaire, encore célibataire passé la quarantaine. Elle n'était ni petite ni grande, ni maigre ni grosse. Elle était rondelette, assez pour se trouver elle-même trop dodue et porter de longs chemisiers qui cachaient un derrière trop large à son goût. Son visage était le visage banal de Madame Tout-le-monde, avec les creux et les bosses habituels, et sa peau faisait penser à du boyau de saucisse. Ses cheveux — alors qu'elle était du métier — étaient arrangés avec une permanente bouclée sans aucune imagination. Rien que cela suffisait à prouver que, contrairement aux hommes, sa réussite n'était pas basée sur des capacités d'invention et de création mais uniquement sur l'avidité et sur la persévérance obstinée qu'elle engendrait.

— Oh ! dit Helena dans un souffle. Je t'ai réveillé ! C'est tout moi ! Mon chéri, retourne tranquillement...

— Non, je n'aurais même pas dû... Je ne comprends pas comment ça m'est arrivé !

— Juste un moment, Toffe ! J'aurai vite fait de rincer ce qui reste...

Torolf secoua la tête et son front se couvrit de petites rides d'étonnement.

— Je me suis juste assis un instant pour enlever mes boutons de manchettes, dit-il doucement, et dans ses yeux flottait maintenant quelque chose de lointain, comme s'il était sur le point de se souvenir d'un joli rêve. Mais il faisait si sombre et je me sentais si bien... Je venais juste de sortir

15

de table. Un repas que tu avais préparé toi-
même, pas un de ces sempiternels plats sans âme
que l'on sert chez *Torni* ou *Hespéria* ! Je t'ai entendue t'affairer et j'ai pensé que... et soudain...

Son front devint lisse.

— Soudain je me suis senti bien, comme quand
j'étais enfant et que ma mère venait de me sou-
haiter bonne nuit.

Il se tut un instant, le regard perdu quelque
part au loin. Puis il sortit brusquement de ses son-
ges et ses pensées faillirent le faire sourire. Il
s'approcha d'Helena et fit mine de n'apercevoir
la couverture qu'à ce moment-là. Il s'arrêta et
considéra ses pieds avec stupéfaction.

— Ouste ! fit-il en brandissant un doigt mena-
çant. Lâche-moi ! Veux-tu me lâcher tout de
suite !

La couverture n'obéit pas. Mais cela n'avait pas
d'importance. Helena riait déjà.

Torolf saisit la couverture, la secoua pour en
chasser des poussières imaginaires et en enve-
loppa les épaules d'Helena. Puis il s'esclaffa :

— Ceci est un manteau d'hermine, en réalité.
Et toi, tu es une reine. Et les reines ne font pas
la vaisselle — pas lorsque je suis là, en tout cas !

— Je t'assure, gazouillait Helena, déjà troublée. Laisse-moi...

— Non c'est non !

Il fit glisser ses doigts le long du cou et des
joues d'Helena. Elles étaient chaudes, presque

brûlantes soudain, et il se pencha davantage, jusqu'à sentir ses cheveux contre son front.

— Écoute-moi, commença-t-il d'une voix basse et grave. Tu as dû rester debout depuis ce matin. Tu as dû travailler avec tes mains toute la journée. Je t'en prie, fais-moi plaisir, va te reposer. Et puis...

Il s'empara au jugé du poignet d'Helena et l'éleva : la peau de la main était d'une pâleur anormale. On aurait dit du papier. Ici et là, surtout à la naissance des doigts, elle était tachée à force d'être irritée.

— Tu manipules déjà beaucoup trop de produits chimiques. Il n'y a vraiment pas besoin d'y ajouter du liquide vaisselle. Même si ça n'a pas d'importance à tes yeux, pour moi ça compte...

Il effleura de ses lèvres l'annulaire d'Helena.

— ... en tout cas, j'aimerais qu'au moins ce doigt-là soit bien portant et intact.

Les yeux de Torolf étaient sombres. Helena céda. Évidemment. Elle lâcha la brosse à vaisselle et secoua ses mains pour en chasser les dernières gouttelettes, puis elle se serra contre lui et frotta son visage contre sa poitrine, pesamment, comme si elle le mangeait. Elle dit, en gémissant presque :

— Tu m'as tellement manqué ! Tellement ! Et cet après-midi, quand tu as appelé... Ce n'est qu'à ce moment que je me suis sentie revivre...

Torolf était incapable de prononcer le moindre mot. Sa gorge ne laissa échapper qu'un soupir

17

étouffé. Il serra Helena plus étroitement contre lui et avança fébrilement les mains, pour s'écarter ensuite d'un geste vif — les questions d'argent n'avaient pas encore été traitées.

— Va te reposer, je t'en prie, dit-il en faisant pivoter Helena, la poussant légèrement vers le salon. Sinon la vaisselle ne sera pas faite du tout...

Il se retourna et s'installa devant l'évier, releva ses manches et plongea les mains dans l'eau savonneuse. Ses lèvres se mirent à fredonner un semblant d'air.

Helena n'allait jamais se reposer, en réalité. Torolf le savait bien. Elle allait faire un brin de toilette en catimini et se changer. Elle choisissait généralement une culotte en soie et un soutien-gorge qui évoquait un papillon, et si elle voulait le récompenser particulièrement — comme c'était certainement le cas aujourd'hui — elle passait en plus un porte-jarretelles et des bas en nylon avec coutures, parce qu'il lui avait un jour laissé entendre que cela rendait fou n'importe quel homme. Ensuite seulement elle se glissait dans sa robe de chambre et s'étendait sur le lit.

Mais cette fois, elle n'alla nulle part. Elle resta appuyée contre le chambranle de la porte et le regarda. Il continua cependant à fredonner comme s'il avait été tout seul. Il savait qu'il y avait deux possibilités : soit Helena allait se glisser sur la pointe des pieds dans son dos et lui murmurerait qu'elle l'aimait, soit elle aborderait la question de l'argent.

— Tu sais quoi ? s'esclaffa Torolf d'une voix retentissante comme s'il avait voulu être entendu jusqu'à la chambre. C'est amusant de penser que...

Il aperçut Helena et s'étonna :

— Tu n'es pas allée te reposer ?

— Non. J'ai voulu rester ici. Qu'est-ce qu'il est amusant de penser ?

— Je... je pensais que lorsque nous serons mariés, s'il nous arrivait un jour de nous quereller... c'est amusant de penser que nous nous querellerons pour avoir le droit de faire la vaisselle, alors que les autres se querellent pour ne pas la faire.

Helena sourit. Mais son sourire n'était qu'une façade. Ses yeux restaient ceux d'une femme d'affaires.

— Moi, par contre, j'ai pensé à ton frère, dit-elle.

— À Bror-Axel ?

— Oui. Il en est où, au juste ?

— Eh bien, commença Torolf, mais il fut incapable de poursuivre. Sa tête se baissa imperceptiblement et son expression indiquait qu'il luttait contre lui-même. Il prit une décision rapide et leva les yeux, et même s'il y avait de la tristesse au fond d'eux, sa voix était ferme quand il dit :

— Pardonne-moi, Helena. J'ai eu tort de te parler de mes soucis. Je veux que tu sois gaie, heureuse...

Il agita la brosse à vaisselle, faisant gicler des gouttelettes étincelantes dans l'air.

— Je trouverai bien quelque chose. D'autant que les soucis d'argent de Bror-Axel ne sont que temporaires. Je pourrais par exemple contracter un emprunt, ou alors hypothéquer mon appartement. Au nez et à la barbe de tous les inspecteurs de la S.I.C....

— Toffe ! dit Helena. Elle réussit à donner à sa voix un ton de reproche. Je veux savoir, moi ! Il faut que je sache ! Tu ne comprends donc pas que ce ne sont plus uniquement tes soucis et que mes soucis ne sont plus uniquement les miens ?

Elle s'approcha, lui saisit le bras et le regarda dans les yeux de manière impérieuse, lui parlant comme à un enfant qui fait des caprices :

— Raconte-moi, Toffe. Raconte à Helena.

— Les affaires de Johannesdal marchent bien en réalité, commença Torolf sur un ton grave, le regard rivé quelque part sur la gauche d'Helena. Le domaine compte près de quatre cents hectares de champs cultivés. Et de la forêt — trois mille hectares environ. Donc ça rapporte de l'argent. Beaucoup même...

Il soupira et laissa Helena rencontrer son regard.

— Mais c'est bien connu, les exploitations agricoles ne rapportent qu'une ou deux fois par an. Et Bror-Axel... Bror-Axel est un peu bizarre. C'est un célibataire endurci... Peut-être que tout vient de là... Ce qui est sûr, c'est qu'il a peur de l'inflation. De manière maladive. Il place tout sans attendre, et de telle façon qu'on ne peut retirer aucune liquidité avant un certain temps. Il a des actions d'entreprises industrielles et de banques en si grande quantité qu'il pourrait en tapisser les murs du salon de cristal, dans le bâtiment principal....

Torolf secoua la tête avec accablement, mais il était plutôt amusé. Un petit sourire apparut même aux commissures de ses lèvres quand il continua :

— Et donc Tortsten et moi devons... Je t'ai déjà parlé de Torsten, n'est-ce pas ? C'est mon frère aîné. Un juge. Il siège actuellement à la cour d'appel de Turku... Bon, bien que lui et moi soyons des fonctionnaires relativement mal payés, nous sommes dans l'obligation d'aider le Grand Chef d'année en année. Même si en fait nous nous aidons nous-mêmes en quelque sorte. Car Johannesdal est une succession indivise et Bror-Axel ne fait que l'administrer pour nous trois...

Torolf perdit le fil de sa pensée. Son visage reprit une expression banale. Puis il remarqua la brosse dans sa main et se retourna vers l'évier pour continuer son travail. Mais Helena n'en resta pas là.

— Mais quelle est la situation actuelle ? insista-t-elle en se serrant contre son flanc. C'est ça que je veux précisément savoir.

Torolf fit une moue en guise de réponse. Mais il eut soudain une idée. Il haussa les sourcils et posa un rapide baiser sur le front d'Helena.

— Attends un instant...

Il essuya rapidement ses mains, se rendit dans l'entrée, fouilla dans les poches de sa veste et revint avec une photo et une feuille de papier à lettres.

— Comme je te l'ai déjà raconté, dit-il, Bror-Axel a eu une sorte de crise cardiaque avant Noël. Il a été assez discret là-dessus, même s'il ne s'agissait pas d'un véritable infarctus d'après ce que j'ai compris. Mais le muscle cardiaque a été victime d'une ischémie, de toute évidence. Depuis, il doit se ménager, et c'est pour cette raison qu'il n'a pas eu le temps de s'organiser. Et il ne dispose même pas de ses quelques liquidités habituelles, vu qu'il ne permet pas à l'intendant de s'occuper des affaires, alors que nous lui avons assuré je ne sais combien de fois que le vieux Simon était absolument digne de confiance...

Torolf tendit la photo à Helena et se mit à déplier la lettre. Il n'y avait pas d'enveloppe. Ses lettres n'avaient jamais d'enveloppes. Ces dernières pouvaient s'avérer compromettantes — les cachets de la poste, en particulier. Il constata qu'Helena s'était emparée de la photo avec avidité. Elle eut le souffle coupé.

— *I Johannesdal*, commença-t-il à lire, mais il sauta le début en marmottant et expliqua négligemment : il s'est procuré à l'automne une nouvelle moissonneuse-batteuse. Elle lui a coûté près de huit cent mille marks, et maintenant il n'arrive pas à réunir de quoi régler le dernier versement. Voilà le passage *: men emedan obligationers kurs* *är pa uppgaende, vill jag ogärna sälja dem. Varför era samtligas sorger blir att uppbringa 30 000 mark. EG betalar Björkebos avhuggning inom marks, därför behöver ni inte vänta mera än en manad...*

Il alla jusqu'à tendre la lettre à Helena, mais elle y jeta à peine un coup d'œil, évidemment — elle ne connaissait pour ainsi dire rien au suédois. Elle se replongea dans la contemplation de la photo. On le voyait assis sur un banc en bois sculpté, près du soubassement massif d'un château. On pouvait distinguer l'allée bordée d'érables qui menait au porche flanqué de colonnes, devant la porte principale. La photo avait été prise deux ans auparavant dans la cour du château de Voipala, à Sääksmäki. Une exposition artistique y avait eu lieu et il l'avait visitée avec quelqu'un dont il ne se souvenait même plus.

— C'est comme ça là-bas ? Fantastique...

— Brox-Axel indique dans sa lettre, reprit Torolf doucement, que moi-même et Torsten devrions lui prêter jusqu'à fin mars trente mille marks. À cette date-là, il encaissera le paiement de sa vente de bois, dans les cinq cent mille...

Helena battit des paupières comme si elle ne réalisait pas qu'elle se trouvait chez elle, et non pas assise sur le banc de la photo.

— Est-ce que ton autre frère est marié ? demanda-t-elle.

— Torsten ? Bien sûr. Et, incroyable mais vrai,

il a quatre enfants. Et maintenant il va falloir que je lui téléphone pour l'informer de tout ça. Aïe ...

Les lèvres d'Helena frémirent. Sur ses joues apparurent de petites taches brûlantes.

— Ce n'est pas la peine ! dit-elle rapidement. Je peux tout arranger, Toffe !

— Helena ! Torolf s'emporta en faisant un bond en arrière. — Je ne peux pas, j'ai honte... Je ... *Det är omöjligt* ...

Helena baissa les yeux sur ses mains, prit une profonde inspiration et vint se coller contre lui. Elle lui toucha le visage et pressa les doigts contre ses lèvres.

— Oh mon amour, dit-elle les yeux emplis de ferveur. Il n'est pas question d'avoir honte. Toffe, je ne veux pas me vanter, ce n'est pas mon genre, mais je veux que tu saches que je gagne ma vie très confortablement. Cette somme-là, c'est à peine ce que me rapporte mon salon de coiffure en un mois. Et en plus, j'ai des économies. J'ai l'intention d'agrandir, d'ajouter des cabines U.V. Mais ce n'est pas pour tout de suite. Je peux très bien te faire un chèque pour la totalité de la somme, et alors tu n'auras pas à courir de risques dans ton travail avec les ... les...

— Avec les types de la Section Interne de Contrôle ? Qu'est-ce que je peux les détester quelquefois. Même nous, les cadres, nous sommes surveillés ! Si vos dettes s'accumulent un tant soit peu, ils présument tout de suite que vous avez des difficultés, ils commencent à fourrer leur nez dans vos affaires, et vous devenez un individu suspect...

— Écoute-moi, Toffe. Si tu m'aimes au moins un tout petit peu... Sois gentil et promets-moi de ne plus parler de cette histoire ce soir. D'accord ?

Torolf enlaça Helena avec force. Mais il ne pensait pas à elle, ni même à sa victoire — il ne fallait pas s'abîmer dans l'autosatisfaction, cela signifiait la fin de l'ascension. Il pensa à la Surveillance du Territoire. C'était une de ses meilleures trouvailles. Les gens ignoraient tout de la Surveillance du Territoire mais la craignaient tous un peu, comme tout ce qui est mystérieux. Et à cause de cette crainte, ils étaient prêts à avaler n'importe quoi : qu'il ne parlait pas de son travail en raison du secret professionnel, qu'il ne voulait pas qu'on lui téléphone pour les affaires personnelles parce que toutes les conversations étaient enregistrées, qu'il était appelé à s'absenter quelquefois, même pour de longues périodes, sans donner le moindre détail sur ses déplacements. Et cette S.I.C., la Section Interne de Contrôle ! Peu importe d'où l'idée lui était venue, c'était un trait de génie ! Un sésame qui déverrouillait n'importe quel compte en banque.

Ils étaient étendus sur le lit de façon à sentir la peau et la chaleur de l'autre sans avoir besoin de dire ou de faire quoi que ce soit. Cela faisait longtemps déjà qu'ils se tenaient ainsi. Trop longtemps même, Torolf le savait. Helena avait déjà reçu une ration de ce qui lui manquait le plus : la chaleur humaine et la sympathie, la certitude qu'elle n'errait pas toute seule sur terre et qu'elle avait trouvé un havre pour son âme orpheline, et à présent elle en était au stade où elle avait envie de lui. Mais elle n'osait pas le montrer. Elle pensait que, pour une femme, le désir était une tare — et c'était bien la vérité, le désir révélait la révolte, l'envie de puissance — et elle faisait tout pour le masquer. Elle se contentait de rester couchée comme un animal mort, et elle attendait. Tout ce qu'elle se permettait, c'était de bouger ses jambes, juste assez pour faire crisser l'une contre l'autre ses cuisses gainées de nylon.

Torolf se tourna sur le flanc en pensant qu'il lui fallait gagner du temps. Vu l'air d'Helena, celle-ci n'allait pas tarder à lui demander ce qu'il avait. Il ne ressentait aucun désir. Il ne ressentait jamais de désir quand il fallait qu'il joue un rôle. Il ne voyait alors dans la femme qu'une simple carcasse, une enveloppe de peau recelant de la chair, des os, des intestins et un cerveau qui aurait dû crier que tout était mensonge, que l'amour n'existait pas, que seuls étaient vrais l'éternelle solitude et le sentiment d'infériorité. Mais dans la tête d'Helena, le cerveau était comme un grumeau de bouillie, et à chaque fois qu'elle était repue de lui et que tout était fini, il n'était capable de transmettre à sa bouche qu'un soupir : « Mon Dieu. Maintenant je pourrais mourir... »

Il s'était souvent demandé ce qu'elle ferait s'il

lui serrait un jour la gorge en lui disant : « Meurs donc ! » Serait-elle capable de penser à quoi que ce soit, même à ce moment-là ?

— Quelque chose ne va pas, Toffe ?

— Non. J'étais juste en train de réfléchir...

— À quoi ?

— Tu ne te fâcheras pas ? J'avais promis...

— Tu pensais à ton frère !

— Oui. Ou plutôt à Johannesdal. On ne pourra plus continuer comme ça. Bror-Axel est incapable de l'administrer. Torsten m'a déjà laissé entendre...

Torolf se tut, comme plongé dans ses pensées. Mais en réalité, il observait Helena. Derrière elle, sur la table de chevet, une lampe était allumée et la lumière tombait obliquement sur son visage, de telle façon que sa peau paraissait recouverte de duvet. Sous cet angle, sa bouche ressemblait à la gueule d'un mouton. Il savait qu'elle serait mortellement vexée s'il le lui disait. Mais peut-être pas forcément. Tout était question de savoir-faire. Il fut saisi d'une irrépressible envie d'essayer.

— Qu'est-ce que Torsten t'a laissé entendre, alors ?

— Que la succession devrait être liquidée. Mais de sorte que Johannesdal ne soit pas morcelé. Selon lui, la meilleure option serait que l'un de nous s'en porte acquéreur, et il m'a laissé assez clairement entendre que ce serait mon rôle...

Torolf émit un petit rire, posa sa main sur le sein d'Helena et commença à le caresser. Il fallait

27

lui faire gober l'histoire en l'associant au plaisir. Quant il sentit que le téton commençait à avoir la consistance d'un grain de raisin sec, il continua :

— Cela impliquera un changement de vie radical. Je devrai quitter mon emploi, vendre l'appartement, et tout ça... Mais en fin de compte, quel soulagement ce sera ! Pense, se sentir pour une fois vraiment libre ! Regarder pousser le blé, écouter le vent murmurer dans les pins millénaires...

Helena ne dit rien. Mais elle se glissa plus près de lui, si ardemment que des idées avaient forcément commencé à germer dans sa tête — elle devait déjà être en train de calculer combien elle pourrait obtenir de son appartement et du salon de coiffure, et elle se voyait déjà en châtelaine, en train de marcher le long de l'allée d'érables. C'était sûr.

— Attends...

Torolf se souleva à demi et effleura le nez et les lèvres d'Helena, tendrement, l'air soudain étonné. Du bout des doigts, il redonna à sa tête l'inclinaison qu'elle avait avant.

— Tu sais, quand la lumière tombe sur ta bouche, comme ça, on croirait voir une gueule de mouton. Un tout petit mouton, un agneau nouveau-né que l'on peut tenir dans ses bras. Comme ça...

Il prit Helena dans ses bras et embrassa lentement et avec application sa bouche, ses joues et son cou. Mais il ne ressentait aucune excitation.

Cette fois, il n'y arrivait pas. Il se dit qu'Helena y était aussi pour quelque chose — dès qu'il prenait l'initiative, elle s'emballait trop, comme si elle avait reçu une sorte d'autorisation, et elle le tripotait comme on vide un poisson. Torolf pinça ses lèvres et s'évertua à lui retirer sa culotte.

Il roula sur elle et sentit les jarretelles contre ses cuisses. Du coup, son désir s'éveilla, au moins suffisamment pour l'assurer de se tirer d'affaire vaille que vaille. Et puis il se réconforta en pensant qu'en dernière ressource la « Super-Crête du Coq Hannibal » qui ne le quittait pas s'occuperait d'Helena s'il n'arrivait pas à finir le travail par lui-même.

2

État des lieux

— Non, elle n'est pas partie en voyage ! Là-dessus, je suis catégorique, dit la femme comme si on l'avait offensée.

Elle s'arrêta sur le palier intermédiaire pour souffler un peu.

— Ma sœur est très consciencieuse ! Jamais elle ne laisserait ses clientes en plan comme ça ! Quelque chose a dû se... J'en ai eu l'intuition dès samedi, quand je suis passée devant son salon et que j'ai vu qu'il était fermé. Il y avait même deux dames qui attendaient...

— Entendu, marmonna Harjunpää, qui commençait à se dire qu'ils auraient dû attendre l'ascenseur, finalement. C'était juste une éventualité qui m'était venue à l'esprit. Les gens oublient souvent de prévenir. Certains, en tout cas...

— Ou alors elle est peut-être partie avec un homme, suggéra Bingo, qui se trouvait derrière la femme.

Elle sursauta. Bingo ne remarqua pas le froncement de sourcils de Harjunpää et continua :

— On comprend qu'à cet âge-là, une vieille fille, ça ait des besoins !

— Non ! Vous ne la connaissez pas...

Elle se mit à pleurer. Des sanglots inutiles, comme tout à l'heure, en bas dans la rue, mais cette fois-ci ils étaient davantage dus à leurs remarques qu'à ses craintes réelles. Harjunpää soupira et jeta un coup d'œil par la fenêtre. Des bouleaux habillés par le givre matinal et un pin à la cime flétrie se partageaient la cour. La femme essuya ses joues avec un mouchoir en papier réduit à l'état de charpie et dit, résignée :

— Mais si Helena, à cause de sa naïveté, a laissé entrer chez elle un... un assassin...

— On va aller voir, pour commencer...

Harjunpää grimpa les marches quatre à quatre, sans ralentir. Non pas parce qu'il s'inquiétait de ce qui les attendait dans l'appartement, mais parce qu'il voulait rapidement se débarrasser de cette affaire et retourner à la division. Norri avait un homicide non résolu, le meurtre d'un architecte de trente-quatre ans — on l'avait retrouvé par terre chez lui, les mains ligotées, l'occiput défoncé par un cendrier en fonte, et la division se débattait avec cette affaire depuis déjà une semaine, nuit et jour ou presque, même le week-end. Malgré tout ils n'avaient pas réussi à transférer à une autre division leur tour de permanence pour les dépôts de plainte, qui tombait ce lundi. Ils devaient par conséquent s'occuper de toutes les nouvelles affaires jusqu'à seize heures. La femme ne s'était pas rendue dans l'appartement de sa sœur de son propre chef, alors qu'elle en possédait la clé, ce qui agaçait Harjunpää. Et n'importe quelle patrouille aurait pu se rendre sur les lieux — l'évidence lui en était apparue sur place — ce qui l'agaçait encore plus. Mais sur la fiche, on avait hélas mentionné qu'il y avait un cadavre dans l'appartement.

Suant et soufflant, ils atteignirent le cinquième étage. « NOTKO » était indiqué sur la porte au fond du couloir. Harjunpää s'arrêta devant.

— Vous avez la clé, au moins ?

— Oui ! Hier, j'avais oublié de l'apporter ! J'étais si inquiète ! Mais j'ai sonné plusieurs fois et j'ai frappé. À l'intérieur, le téléphone a sonné — c'était mon mari qui appelait. Je le lui avais demandé. Mais personne n'a répondu...

Harjunpää transféra la mallette dans son autre main et prit la clé, mais ne l'introduisit pas immédiatement dans la serrure. Il appuya sur la sonnette. Le timbre fut bref et son écho s'éteignit rapidement. Il ne déclencha aucune réaction. Harjunpää jeta machinalement un coup d'œil sur le pourtour de la serrure et sur la rainure — rien de spécial. Pas de traces de pied-de-biche ni de crochet. Il tourna la clé. La serrure cliqueta et la porte s'entrouvrit.

Par terre, trois journaux : celui du samedi, du dimanche et du jour même. Harjunpää les enjamba tout en se disant que la femme était morte vendredi, puis il songea qu'on pouvait aussi bien en déduire qu'elle était partie quelque part ce jour-là. Il s'immobilisa, humant l'air. Une odeur un peu différente lui parvint — une fenêtre devait être ouverte quelque part. Un fort courant d'air rabattait vers lui une senteur agréable. Cosmétiques et parfum. Il eut l'impression d'avoir fouillé dans le sac à main d'Elisa. Mais il n'y avait pas de doute.

— Attendez-moi ici, dit-il sur le ton de la conversation, en regardant Bingo et en fronçant les sourcils. Mais Bingo ne comprit pas. Onerva ou Härkönen l'auraient compris, eux. Bingo n'était à la division que depuis peu, mais ce n'était pas la seule raison. Une expression mauvaise apparut sur son visage. Il s'approcha, comme par défi, et siffla :

— Je suis dans la maison depuis près de quinze ans. Je ne suis pas plus con que les autres...

— Il ne s'agit pas de mettre en doute les capacités de qui que ce soit, murmura Harjunpää. Il remarqua que la tête de Bingo tremblait. — La question est que je crois bien que cette Helena est morte. Et qu'il faut s'occuper de sa sœur, veiller à ce qu'elle ne se précipite pas là-dedans tête baissée. Bavarde avec elle, de tout et de rien...

Harjunpää referma la porte derrière lui sans la claquer et alluma la lumière. Dans l'entrée, rien d'anormal. Sur le portemanteau, seuls des vêtements de femme étaient accrochés : deux imperméables et un manteau de fourrure à l'allure coûteuse taillé dans la peau d'une bête étrange. Il avança, rasant le mur par habitude, là ou normalement personne ne marchait, tout en mémorisant l'emplacement de ses pas.

Il déboucha dans le salon. La télévision était éteinte, les lumières également. Par terre, un tapis blanc, en harmonie avec les fauteuils de cuir gris. La table basse était d'un bois noir comme du charbon. Sur le mur, derrière le canapé, un tableau peint dans des tons sombres représentait un loup qui marchait sur ses deux pattes arrière et qui ensemençait un champ. L'ensemble reflétait une élégance austère et une certaine aisance. Tout était propre et ordonné. Rien ne témoignait d'une lutte ou d'un départ précipité.

Harjunpää s'arrêta sur le seuil de la chambre. Le lit était sobre, en bois de bouleau blanc. Pas suffisamment spacieux pour un couple, mais toutefois plus large qu'un lit simple. Helena était allongée sur le côté gauche, et elle était morte depuis plusieurs jours. Harjunpää n'avait pas besoin de s'approcher davantage. Il pouvait le voir depuis le seuil. Le bas des joues était violacé. Les lobes des oreilles également — ils paraissaient particulièrement sombres à côté des boucles de cheveux étendues en un blond éventail. Et bien que la fenêtre fût entrouverte, il sentait l'odeur de la mort. Légère, mais suffisante pour qu'il sache que des zones de couleur verte étaient déjà apparues sur les parois de l'estomac de la morte.

Il ne fit pas un pas. Quelque chose titillait ses sens. Et soudain, il sentit qu'il y avait quelque chose d'anormal — mais il ne pouvait pas mettre le doigt dessus. Il laissa son regard courir sur le plancher, sur la table de chevet et la coiffeuse, faire le tour de la chambre, puis il reporta tout à coup son attention sur le lit et il comprit qu'il s'agissait de la couverture : elle était trop bien mise, trop lisse ; tirée trop haut — elle donnait tout à fait l'impression d'avoir été étendue sur Helena alors qu'elle était déjà morte.

Harjunpää laissa échapper un grognement et pressa ses mains sur son front jusqu'à voir des papillons de feu sous ses paupières. Le stress et la fatigue de la semaine écoulée surgirent du placard où il les avait relégués. Il les sentit irradier ses membres pendant un instant, puis ils cédèrent la place à des questions d'ordre pratique : qui allait se charger de l'affaire, qui aurait le temps d'enquêter — les autres divisions étaient aussi surchargées que celle de Norri. Il resta plusieurs dizaines de secondes sans bouger, la bouche entrouverte, avant de commencer à espérer qu'il avait peut-être tiré des conclusions trop hâtives, qu'il y avait peut-être une explication pour la couverture — chez ceux qui se suicidaient avec des médicaments, elle était quelquefois très soigneusement tirée — et puis, il restait le point essentiel : il n'y avait peut-être pas de lésions sur le corps.

Il sortit l'appareil photo de la mallette et y fixa un cube de flash avec des gestes lents, comme s'il espérait que la position de la couverture allait changer entre-temps. Il prit une vue générale de la chambre depuis la porte, plusieurs clichés de la couverture et du corps, et deux ou trois autres de chaque bord du lit. Puis il enfila une paire de gants de chirurgien et avança jusqu'au lit. Et là il eut la certitude définitive qu'il essayait seulement de se leurrer. La couverture était vraiment tirée jusqu'au menton, de façon anormale. En outre, les deux bras d'Helena étaient étendus le long de son corps. Il commença par palper le crâne. Il progressa méthodiquement, mais ne trouva rien de ce qu'il recherchait. Puis il se redressa et rabattit la couverture sur le côté.

— C'était bien une pute...

Harjunpää sursauta. Il n'avait pas entendu Bingo arriver. Il se tenait dans l'encadrement de la porte et désignait le lit du menton.

— Ses fringues. Elles sont toujours fringuées comme ça.

Harjunpää ne répondit pas. Il jeta à nouveau un coup d'œil à la morte — il y avait quelque chose d'émouvant chez elle, et tous ces froufrous n'y étaient pas pour rien. Harjunpää eut l'impression fugitive que, pendant ses derniers instants, Helena avait voulu faire plaisir à quelqu'un, le rendre heureux, mais qu'elle avait été trahie de la pire des façons. Il regarda Bingo et sentit sa bouche se crisper. Ses pensées ne furent plus que des broussailles enchevêtrées, un fagot de branches épineuses pleines de colère, hargneuses. Il comprenait que ce n'était pas directement causé par

36

l'intrusion de Bingo mais qu'il tenait bêtement à rendre celui-ci responsable de tout. Bingo cligna les yeux, ces yeux qui semblaient toujours humides et injectés de sang. Sa pomme d'Adam tressauta quand il déglutit et essaya de se justifier :

— En tout cas, dans tous les bouquins de cul, elles sont habillées comme ça. Et ici, ça sent plutôt le fric... Comment t'expliques qu'elle aurait pu gagner autant, autrement ?

Harjunpää ne répondit pas. Le visage de Bingo blêmit à vue d'œil.

— Je ne voulais pas faire injure à un macchabée, marmonna-t-il.

— Non, bien sûr, dit Harjunpää dans un souffle. Où est la sœur ?

— Dans la voiture. Elle a tout deviné quand t'es pas revenu et elle a recommencé à brailler ! Pour de bon, cette fois ! Je l'ai laissée là-bas. Elle m'a promis de ne pas bouger.

— O.K. Il y a quelque chose qui cloche, ici. Quelqu'un a remis la couverture sur elle.

— On l'a butée ?

— Je ne sais pas... Je ne vois pas comment.

Harjunpää se retourna vers le lit et la morte, et cette fois tout devint clair : si Helena était allongée près du bord, c'était parce que quelqu'un s'était tenu à ses côtés. Cela se lisait également sur le drap du dessous, froissé sur toute la largeur du lit. Et la tenue d'Helena, avec ses bas de nylon noirs et les petits nœuds rouges fixés à ses jarretelles — personne ne s'habillait comme ça uni-

37

quement pour soi-même. Et puis la culotte, emmêlée autour d'une de ses chevilles... Harjunpää se pencha de plus près et détailla Helena de la tête aux pieds, la bascula sur le flanc et examina son dos, sans y trouver aucune lésion, petite ou superficielle. Aucune tache sur les draps, ni sur les vêtements, ni sur la peau. Il était de plus en plus perplexe. Puis il eut la tentation de se dire qu'il s'était trompé. Il y réfléchit un instant, mais ça ne marchait pas. S'il s'avérait à l'autopsie que la cause du décès était un homicide, il serait alors dans le pétrin. Et même s'il s'agissait d'une mort naturelle, les circonstances comportaient en tout cas des aspects que l'on ne pouvait pas éluder avant de les avoir tirés au clair.

— Écoute, commença-t-il, avec un profond soupir. Il faut que nous...

Bingo se tenait toujours à la porte et son visage était livide et inerte, comme de la cire. Il regardait fixement Helena mais, dans ses yeux, quelque chose semblait dire qu'il ne la voyait pas.

— Tu te sens mal ?

— Non... J'ai pensé un instant que c'était Marketta, là.

Harjunpää ne comprit pas. Il attendit un instant, et comme Bingo se taisait, il demanda :

— Quelle Marketta ?

— Ma femme, dit Bingo d'une voix rauque. Je veux dire, on n'est pas mariés, on est juste à la colle. Enfin, on l'était...

Le tourment déforma le visage de Bingo. Harjunpää garda les yeux baissés sur ses propres mains. Quelque chose murmurait dans son for intérieur : « Ne me fais pas de confidences. Ce n'est pas le bon moment. Ni maintenant ni plus tard. Je ne veux pas me charger du fardeau des autres. Je n'ai pas les épaules assez larges pour ça ».

— Ça fait un mois qu'elle m'a encore quitté, dit Bingo avec une parodie de rire, ne réussissant à produire qu'un son rauque qui résonna dans les oreilles de Harjunpää comme un appel au secours étouffé. Mais dans la journée, elle passe à la maison, quand je ne suis pas là. Elle se change et prend des affaires — on sent son parfum. Et quelquefois la baignoire est humide et il y a des cheveux à elle au fond. Elle se pomponne pour quelqu'un d'autre. Alors j'ai envie de...

Bingo ferma les yeux et serra les dents. Harjunpää se sentit mal à l'aise, gêné, comme s'il se retrouvait entouré de secrets qui ne se partageaient pas. Il se dit qu'aucun fonctionnaire de la P. J. n'aimait Bingo, ne l'avait jamais aimé, et pour être tout à fait franc, lui non plus. Il ne savait pas exactement pourquoi. Mais maintenant, il en avait honte, surtout quand il pensait aux jours que Bingo venait de passer dans la division. Bien qu'inconsciemment, il avait toujours adopté une attitude revêche envers lui.

— J'ai essayé de la joindre, dit Bingo, et sa voix avait perdu son ton amer, elle était devenue acide, comme si Bingo voulait se moquer de lui-même avant que Harjunpää ne le fasse. Mais ils reconnaissent ma voix quand j'appelle à son bureau, et ils ne vont jamais la chercher. Et le soir, quand je suis seul à la maison, chaque fois que l'ascenseur s'arrête à notre étage, je crois que c'est Marketta. Ou quand le téléphone sonne. Mais ce n'est pas elle. Jamais. Il n'y a que Honey qui me lèche la main en chougnant... La télé braille et j'y vois des gens qui s'amusent comme des fous ! Leur vie est si bien... Puis je prends une bière, en me disant que je n'en boirai qu'une. Mais ensuite, j'en prends une autre, et puis du whisky, après. Et le matin, au boulot, il y a tous ces buveurs d'eau à la con qui se précipitent dans l'ascenseur en même temps que moi et qui reniflent mon haleine...

Bingo se tut. Il jeta un coup d'œil crispé vers le lit. De toute évidence, la vue du cadavre déclenchait quelque chose en lui, et Harjunpää se dit que, quelque part, son épanchement n'était pas une coïncidence.

— Et à propos de cette histoire de reniflements, commença Bingo en regardant Harjunpää avec une rage à peine contenue, inutile de me jouer la comédie. Vous êtes tous au courant. Vous savez aussi bien que moi qu'on n'envoie pas un gaillard de mon âge faire un stage de formation...

— O.K... marmonna Harjunpää. Il se rappelait nettement comment Vauraste, le patron de la Criminelle, s'était retourné sur le seuil du bureau de Norri et avait ajouté : — Je n'ai pas voulu le prendre. On m'a dit de le prendre. Et s'il s'avère une seule fois qu'il semble pris de boisson, ou même seulement que son haleine empeste... Sachez que je ne tolérerai aucune connivence !

— C'est ma dernière chance, dit Bingo. Et si je déconne, c'est un coup de pompe dans le cul et basta...

Harjunpää n'eut pas besoin de répondre. Bingo vit dans ses yeux qu'il le savait.

— Mais je fais des efforts, Harjunpää, crois-moi ! Même en ce moment, je t'assure ! Et depuis que je suis chez vous, je n'ai pas éclusé une seule bière !

— Entendu ! O.K.

Harjunpää se pencha et plia le bras d'Helena. La rigidité cadavérique était en train de s'estomper. Il observa du coin de l'œil Bingo qui entrait dans la chambre et allait se placer de l'autre côté du lit à pas mesurés. Mais Harjunpää ne détourna pas la tête et ne prononça aucun mot. Il se plongea dans l'examen des taches brunes, l'air absorbé.

— Si j'ai bonne mémoire, les contours des taches brunes qui apparaissent sur les cadavres sont irréguliers, mais pas ceux des hématomes, lâcha Bingo au bout d'un moment, le souffle court. Ou est-ce que c'est le contraire ?

— Ceux d'une morsure ou d'un hématome sont assez nets...

— Eh ben voilà ! Là, sur ce côté du cou, juste au bord de cette tache brune...

Harjunpää tourna la tête d'Helena. Bingo avait raison. Il y avait quelque chose sur le cou, à la lisière des taches brunes. Il ne l'avait pas remarqué lui-même. Ça pouvait être un hématome. Mais il était petit et superficiel, si insignifiant que son origine ne pouvait être la cause du décès et qu'il était impossible d'en déterminer la provenance.

— Et si on l'avait étranglée ?

— Non... il y aurait des marques visibles. Même sur le visage. Et les yeux seraient révulsés. Mais ce n'est pas le cas.

Les deux hommes se dévisagèrent un instant.

— Il y a peut-être une possibilité, commença Harjunpää avec hésitation. C'est qu'ils aient fait l'amour et que son cœur ait lâché. Ce genre de choses arrive, même si dans la plupart des cas ce sont les hommes qui meurent. Mais supposons qu'il s'agisse d'un type marié et qu'il ait filé discrètement, de peur de se faire griller...

Harjunpää étudia l'idée, mais elle ne lui parut pas plausible. Il jeta un coup d'œil à sa montre. Presque onze heures déjà ! Ils étaient là depuis plus d'une demi-heure. Son indécision commençait à lui taper sur les nerfs. Quelle perte de temps !

— Maintenant on se bouge, lança-il, essayant de se motiver au son de sa voix. Tu iras parler à sa sœur. Mais ne lui dis pas encore ce qu'on en pense. Dis-lui par exemple que la cause du décès reste indéterminée et qu'on ne doit négliger aucune hypothèse. Je vais appeler le légiste et le labo.

— Tu crois que Norri va venir ? Et Onerva ?

— Ils n'auront pas le temps. Mais il faut que je leur téléphone — je vais appeler Vauraste, c'est mieux. De toute façon, c'est lui qui désignera le type chargé de l'enquête. Tu n'as qu'à ramener la sœur chez elle, par exemple, et tu lui demanderas de rester à la disposition de la police. On aura encore besoin d'elle. Et fais-la parler en route. Essaie de l'amener sur les relations de sa sœur avec les hommes, mais avec tact et discrétion...

En revenant dans le salon, Harjunpää songea qu'il serait plus avisé de passer son coup de fil ailleurs, surtout qu'il avait déjà vraisemblablement saccagé avec Bingo bon nombre d'empreintes, pour autant qu'il y en eût, et pour autant qu'elles eussent pu être utiles.

— Onerva ne s'est pas remariée ? demanda Bingo. Elle est devenue si joyeuse ! Dans le temps, je ne me souviens pas de l'avoir entendue chantonner un jour !

Harjunpää jeta un regard en coin vers Bingo. Pour la première fois depuis qu'il le côtoyait, il vit son visage s'adoucir et un sourire timide illuminer son regard.

— Non. Elle n'est même pas fiancée. Mais depuis quelque temps, elle fréquente quelqu'un assez sérieusement.

— Ah...

Ils rejoignirent le vestibule. Harjunpää s'efforça

43

de suivre le chemin qu'il avait pris en arrivant, malgré l'inutilité de la chose : Bingo faisait grincer sans vergogne ses semelles en caoutchouc sur le parquet.

— Et c'est quel genre d'homme ?

— Je ne le lui ai pas demandé, marmonna Harjunpää. Il venait de se rappeler qu'il n'avait pas photographié Helena avant de bouger son corps. Il se maudit intérieurement mais précisa néanmoins :

— Pour autant que je me souvienne, c'est quelqu'un qui doit voyager un peu partout dans le monde. Il est représentant dans une entreprise qui fabrique du matériel technique pour les hôpitaux, ou quelque chose de ce genre.

— Tu connais son nom ?

Harjunpää posa la main sur la poignée de la porte et regarda Bingo droit dans les yeux. Pendant un instant il fut tenté de lui dire de poser lui-même la question à Onerva, mais il se souvint ensuite de l'expression de Bingo quelque temps auparavant et il lâcha :

— Morten.

Il ouvrit la porte palière et un courant d'air se mit à souffler comme à leur arrivée, mais cette fois-ci, il leur amenait d'en bas, de la route de Perus, l'odeur de l'hiver et des rues verglacées.

— Hé !, s'esclaffa Bingo si fort que toute la cage d'escalier en résonna. Il agrippa Harjunpää par l'épaule. Tu ne crois quand même pas que

44

je... Merde, quand même ! T'as vu ses jambes ?
Ça donne des idées, non ?

D'une secousse, Harjunpää se débarrassa de sa
main et se mit à dévaler l'escalier. Il ne se demandait plus pourquoi il n'aimait pas Bingo, mais il
se dit qu'il ferait malgré tout un effort pour s'en
accommoder.

3

Autopsie et partage du travail

Le rapport, enveloppé dans une pochette plastique, était fixé avec une pince à la lampe au-dessus de la table d'autopsie. Quand Lankinen, le légiste, retira ses gants de latex souillés et le saisit par un coin pour le relire encore une fois, Harjunpää eut soudain l'impression qu'il l'avait intitulé avec trop de réserves et que cela pouvait même influencer le jugement de Lankinen. « Recherche de la cause du décès — homicide présumé », avait-il écrit après moult réflexions, sachant bien que c'était un énoncé inhabituel et trop vague.

Mais il n'avait pas pu faire autrement. Pas plus que Bingo et lui, le médecin de permanence venu sur les lieux n'avait trouvé de lésion sur Helena. Il ne s'était pas non plus aventuré à essayer de pronostiquer la cause du décès, déclarant que l'autopsie s'en chargerait. Bien qu'Helena — ou ce qui avait été Helena — fût maintenant étendue sur la table en acier et ne ressemblât plus qu'à un cratère exploré de fond en comble, Harjunpää eut la désagréable impression que l'on n'était pas plus avancé dans l'affaire. Il jeta un coup d'œil à Lankinen mais il n'arrivait pas à lire dans ses pensées. Lankinen parcourait le document avec une lenteur exaspérante, en remuant les lèvres de temps à autre comme s'il se posait des questions et y apportait lui-même les réponses. Debout à côté de Harjunpää, Thurman bâillait d'ennui — on n'avait rien trouvé dans le corps qu'il lui aurait fallu photographier.

— Timo, chuchota Thurman. T'as vu comment Bingo a foutu le camp ?

— Non...

— Il a filé, les cheveux tout raides et les joues agitées comme du gras-double juste quand le cuir chevelu de la nénette était rabattu sur ses yeux.

— Possible, marmonna Harjunpää d'une voix atone. Il se rappelait combien d'efforts Bingo avait dû déployer la veille pour s'approcher du lit d'Helena. Et il se rappelait aussi ce qu'il avait ressenti lui-même à ses débuts et ce qu'il lui arrivait de ressentir encore parfois.

— J'avais pensé qu'il tiendrait le coup au moins jusqu'à ce qu'on découpe les côtes, chuchota Thurman. Quand ça fait taca-taca-tac. Mais non ! Je suis sûr qu'il ne va pas vous gonfler longtemps ! Il n'a pas plus de couilles qu'une queue de mouton !

— Cet « homicide présumé », commença Lankinen lentement — il parlait toujours lentement, comme s'il eût préféré ne jamais avoir eu à s'exprimer à voix haute, comme si les mots interféraient avec ses pensées. Si j'ai bien compris, les soupçons sont basés principalement sur la façon dont la couverture a été tirée sur le corps ?

— Oui, admit Harjunpää, et maintenant qu'il l'entendait de la bouche d'un autre, il eut de nouveau l'impression de s'être appuyé sur des éléments ridicules. Et il comprenait aussi pourquoi Vauraste n'avait pas envoyé de renforts route de Perus et n'avait mis personne d'autre sur cette affaire pour l'instant.

— Et puis, il y avait sa tenue, ajouta Harjunpää comme pour se justifier. Il me semblait que cela indiquait clairement...

Lankinen baissa la tête pendant un instant, comme un prêtre au sortir de la sacristie.

— Bon, commença-t-il. Si on se réfère à la tenue et aux circonstances de la découverte, et si on présuppose qu'il s'agit d'un meurtre, il serait alors logique de prendre pour hypothèse que celui-ci a une connotation sexuelle... Rien ne semble avoir été dérobé dans l'appartement, n'est-ce pas ?

— Non.

— La strangulation vient alors à l'idée en premier, incontestablement. Mais comme vous avez pu le constater vous-mêmes, le corps ne présentait pas de lésions extérieures pour la confirmer... À moins de prendre en considération cette minuscule ecchymose. Mais l'organisme ne présente lui non plus rien qui puisse étayer la thèse de la strangulation : pas la moindre trace d'asphyxie, pas d'hémorragie dans les muscles ou dans les grands vaisseaux. Rien à signaler dans l'os hyoïde et dans le cartilage thyroïde...

Lankinen s'approcha de Harjunpää et fit un geste, comme s'il avait voulu caresser du bout des doigts l'os de la hanche du cadavre, qui émergeait dans toute sa blancheur.

— Le viol ne semble pas non plus faire partie des faits. Je n'ai pas trouvé de trace qui en témoignerait. Et pour tout dire, en ce qui concerne la « baise »... À l'œil nu, de façon macroscopique, aucune trace de sperme n'est visible. Mais on verra par la suite ce que les prélèvements indiqueront. À propos, est-ce que vous avez trouvé quelque chose sur les draps ou sur ses vêtements ?

— On a tout examiné avec une lampe à ultraviolets, dit Thurman en secouant la tête. Mais rien du tout, pas la moindre tache.

Lankinen opina du chef comme s'il le savait déjà.

Il se tut un instant, puis regarda Harjunpää, qui crut lire dans son regard une expression de regret.

— À première vue, il me semble que les soupçons ne resteront vraiment que des soupçons cette fois, dit Lankinen. Si l'on s'en tient aux résultats de l'autopsie, on ne peut conclure qu'à un arrêt du cœur, à mon sens. En ce qui concerne sa cause, j'ai réussi à éliminer une possibilité après l'autre, mais non... Le résultat définitif ne pourra

49

être connu qu'à l'aide des examens chimiques et microscopiques.

Harjunpää regardait fixement la rangée scintillante de bocaux en verre alignés sur le chariot chirurgical. Ils contenaient les prélèvements des organes d'Helena, y compris son cœur, et il eut l'impression indicible d'avoir été mis en échec, d'avoir été berné, alors qu'il aurait dû se sentir soulagé, content même.

— Merci, dit-il. Il se retourna pour quitter les lieux, mais Lankinen leva la main pour le retenir.

— Juste une chose ! J'ai dit tout à l'heure qu'à première vue... Mais le cas est tout de même un peu vicieux. Il existe une possibilité pour qu'il s'agisse quand même d'un crime, bien que la probabilité soit relativement théorique et qu'elle contienne plusieurs « si » à la clé. En clair, si vous continuez à enquêter sur cette affaire et si vous retrouvez la personne qui se trouvait en compagnie de cette femme, et si cette personne reconnaît lui avoir serré la gorge d'une certaine façon, même s'il n'y a pas de lésions...

Lankinen s'approcha sans prévenir de Harjunpää et posa sa main sur son cou. Harjunpää ne pouvait pas oublier ce que cette même main venait de faire au cours des instants précédents et il recula instinctivement, mais en vain : Lankinen réglait son pas sur le sien et tapotait légèrement son cou, là où le maxillaire s'incurvait vers l'oreille.

— Dans cette région, expliqua-t-il, ici, on

trouve le sinus carotidien. L'artère carotide se divise ici en carotide interne et externe... et il faut ajouter qu'il y passe un nerf qui va jusqu'au cœur, le *nervus vagus*. Et si on appuie sur le sinus carotidien ou si on le masse légèrement, le cœur se met à battre au ralenti. Par contre, si on appuie fortement dessus, le cœur s'arrête. Il se paralyse par réflexe...

Lankinen laissa Harjunpää faire un pas en arrière et frotta ses mains l'une contre l'autre. Il semblait brusquement plein d'entrain.

— Pour un néophyte, il n'y a qu'une chance sur mille de tomber dessus, dit-il. Mais c'est possible, surtout lorsque la surface de compression est grande. Si on enserre par exemple le cou de la victime de cette façon-là, entre le bras et l'avant-bras... À ce moment-là, la pression s'exerce sur les deux côtés du cou. En règle générale, on peut être certain que la peau de la victime garde alors quelques marques — les vêtements de l'étrangleur la frottent, le bracelet de sa montre appuie dessus. À moins que l'étrangleur soit nu, comme cela pourrait être le cas dans notre affaire...

Harjunpää et Thurman se taisaient.

— Et cette ecchymose, ajouta Lankinen. Elle pourrait avoir été causée par la clavicule de l'étrangleur. Ou peut-être qu'il portait un pendentif...

— Il peut donc s'agir d'un homicide ? demanda Harjunpää. Mais Lankinen ne lui répondit pas tout de suite. Il jeta un coup d'œil au corps, puis regarda quelque part vers le haut comme s'il y cherchait la réponse, et laissa tomber d'une voix traînante :

— Comme je vous l'ai déjà dit, c'est du ressort de la police.

Il ajouta encore quelque chose, ou peut-être était-ce seulement un au revoir. Harjunpää fut dans l'impossibilité de saisir ses paroles. L'un des deux assistants avait commencé à ouvrir le crâne d'un cadavre de sexe masculin allongé sur la table du milieu, et la scie électrique émettait un sifflement si perçant qu'il couvrait tout le reste.

— J'en ai déjà entendu parler, lâcha Thurman tandis qu'ils descendaient l'escalier sans se presser, mais ça m'était sorti de l'esprit sur le coup. Est-ce que tu as connu un gars qui s'appelait Tauno Latvala ?

— Non.

— Il a pris sa retraite il y a deux ans de ça. Il était dans les garde-côtes. Un jour, ils ont embarqué vers la Grande île de Villa un barreur qui devait avoir au moins trois grammes dans le sang. Mais le gars s'est mis à se trémousser à tel point que tout le rafiot a failli chavirer. Tauno l'a alors plaqué au fond du bateau et il lui a serré la tête dans son bras, et quand il l'a relâché au bout d'un moment, le bonhomme était raide. Et c'était justement la même chose... le carotène ou je ne sais quoi.

En atteignant le rez-de-chaussée, ils virent Bingo à travers la porte vitrée. Il était adossé contre le flanc du minibus des Services Techniques et fumait une cigarette.

— J'ai envie de lui demander s'il a bien noté toutes les explications de Lankinen...

— Laisse-le, dit Harjunpää. Je crois que.... Il a peut-être des problèmes personnels.

— Ah oui ? Il a déjà eu le temps de pleurer dans ton giron, à toi aussi ?

— Non... Qu'est-ce qu'il t'a raconté, à toi ?

— Pas à moi, mais à Kettunen. Il y a environ un an de ça, quand on lui a fait souffler dans le ballon parce qu'on l'avait trouvé couché sur la table de réunion de la direction...

— Il n'avait rien bu, ce jour-là !

— Juste un coup de chance ! C'est pour ça qu'il est allé se plaindre. On le persécutait, il s'était assoupi uniquement parce qu'il n'avait pas dormi de la semaine... Il a prétendu que sa grognasse avait foutu le camp et que c'était à cause de ça qu'il n'avait pas pu fermer l'œil !

— C'est possible.

— Les ivrognes ne pleurent pas à cause des autres ! Les autres ne les intéressent pas ! S'ils aimaient les autres, ils ne boiraient pas !

— Va savoir...

— C'est la vérité ! Ils n'ont pitié que d'eux-mêmes et ils viennent chialer à toutes les portes dans l'espoir de trouver quelqu'un qui ait aussi pitié d'eux. En tout cas, Kettunen s'est dit qu'il avait joué la comédie. Ce fumier avait même réussi à faire couler une larme dans les poils de sa moustache...

— Ce n'est pas une raison pour ne pas lui foutre la paix !

— Ça va te faire un sacré boulet à traîner...

— Oui, mais fous-lui la paix !

— Qu'il aille chier !

— C'est exact, dit Vauraste. Sa voix évoquait à Harjunpää du carton renforcé. — De ce point de vue-là, c'est évident. Mais je vous ai demandé quelle est l'hypothèse qui semblait la plus plausible aux yeux de Lankinen ?

Vauraste se rapprocha de la table et s'y appuya du bout des doigts. C'était un homme plutôt petit, qui aimait bien se lever pendant les réunions, et en cet instant, alors qu'il regardait Harjunpää de haut, ce dernier sentit ce qu'il était en réalité — un inspecteur principal, qui n'avait pas été capable de prendre une décision officielle.

— À mon sens, l'opinion de Lankinen est partagée, dit Harjunpää. Même s'il a laissé clairement entendre que, pour émettre un avis définitif, il faudrait ouvrir une enquête. Ne serait-ce que pour écarter l'éventualité d'un homicide...

— C'est donc ce que vous préconisez ?

— Oui, répondit Harjunpää, conscient que Vauraste avait appuyé sur le mot « vous » de façon significative. Il ajouta alors sur le même ton :

— Et c'est surtout ce que pense Lankinen.

Des rides apparurent aux commissures des lèvres de Vauraste. Elles trahissaient peut-être un soupçon d'irritation. Harjunpää se dit que son agressivité avait été puérile, mais il était content malgré tout : pour une raison ou pour une autre, il lui avait semblé dès le début que Vauraste avait souhaité pouvoir décréter que la mort d'Helena était une mort naturelle. Harjunpää supputa que cela provenait de ce qu'on n'était qu'en février et qu'ils se retrouvaient pourtant déjà avec deux homicides non résolus. Cela ne ferait pas un bel effet dans les statistiques et pourrait même faire naître des questions embarrassantes quant à l'efficacité du service.

Vauraste se tourna vers les autres et Harjunpää laissa son regard errer au-dehors. Le bâtiment d'en face était tout proche. Un immeuble d'habitation. Dans l'encadrement de l'une des fenêtres, un homme corpulent buvait de la bière. Il portait juste un débardeur et se retournait de temps à autre pour dire quelque chose derrière lui, comme s'il se querellait.

— Est-ce qu'on a avancé dans l'affaire de l'architecte ? demanda Vauraste à Norri. Ce Lindberg ?

Norri se racla la gorge un moment avant de répondre vaguement :

— En réalité, il n'y a que depuis hier...

Harjunpää se laissa envahir par la voix de Norri et il sut que, malgré sa mise impeccable, celui-ci était fatigué et crasseux, et irrité parce que

Vauraste l'avait convoqué lui aussi dans son bureau alors qu'il ne savait rien de plus sur l'affaire Helena que ce que Harjunpää lui avait dit.

— En réalité, nous avons maintenant pour la première fois une piste qui paraît relativement prometteuse. Mais malgré tout, il est trop tôt à mon avis pour s'avancer.

— Mais tu as une piste, c'est sûr ?

— Oui, on a une piste.

— Bien ! Très bien ! La presse... Ce cas a fait beaucoup plus de bruit qu'on aurait pu le penser. Ce Lindberg n'était pas encore très connu. Mais il paraît que dans certains milieux, on voyait en lui un futur génie. Et...

Harjunpää laissa son regard errer sur l'armoire à dossiers de Vauraste. Des fanions étaient posés dessus. Il y en avait au moins une bonne dizaine, bariolés de couleurs qui sautaient aux yeux, posés sur des socles en marbre. Les policiers adorent les fanions avec des socles en marbre. On en distribue avec force joie à chaque fête, mais en recevoir un est une joie encore plus grande. Ils témoignent en quelque sorte des capacités de l'individu. Harjunpää se dit qu'il était jaloux. Il n'avait pas un seul fanion. Puis il se rappela que dans le rayonnage le plus bas de l'armoire, derrière les portes fermées à clé, il y avait des rouleaux de papier kraft brun noués avec de la ficelle — il les avait vus un jour — et dans chaque rouleau se trouvait le dossier d'un homicide que tous les Norri et les Harjunpää précédents n'avaient jamais réussi à élucider. Il changea de position, mal à l'aise. Il venait de réaliser à l'instant qu'il s'agissait du fardeau de Vauraste.

— ... en ce qui concerne cette fille d'Ève, dit Vauraste en concluant sa phrase — il fit une courte pause qui laissa deviner que sa décision était déjà prise. Gardez le dossier auprès de vous comme pour une enquête de décès ordinaire. Mais on le ressortira au cas où quelque chose d'anormal se présente, ou s'il s'avère qu'il y avait vraiment quelqu'un chez elle au moment du décès.

— À mon avis, quelque chose d'anormal s'est déjà présenté, dit Onerva d'une voix forte depuis le pas de la porte où elle s'était tenue. Cette mademoiselle Notko a fait le jour même de sa mort un chèque de trente mille marks, par exemple.

— Est-ce que ce n'est pas normal, étant donné qu'il s'agissait d'une commerçante ?

— Sa comptabilité ne le mentionne pas. Et en plus, il n'y a pas très longtemps, elle a fait deux autres chèques assez gros. Cinq mille et dix mille marks.

— De l'audition préliminaire des voisins, il ressort qu'un homme venait la voir de temps à autre, intervint Harjunpää. Et son voisin de palier, qui est mitoyen avec elle par le mur gauche, se souvient d'avoir entendu vers la fin de la semaine une voix d'homme. Mais il ne se rappelle pas avec certitude si c'était précisément jeudi ou vendredi...

Personne ne dit rien pendant un moment. Norri toussota comme s'il avait voulu leur faire savoir qu'il était inutile de jacasser, comme s'il avait compris dès le début que la réunion n'était qu'une formalité, que cette affaire ne serait pas déléguée à une autre brigade. Vauraste laissa son regard errer par la fenêtre et son visage était aussi gris que le ciel. Harjunpää réalisa que Vauraste subissait une pression énorme, certainement pire qu'eux-mêmes, et qu'il était totalement seul pour y faire face.

— Je ne comprends pas, dit Vauraste le regard rivé vers l'extérieur. Ces chèques et l'éventualité de la présence de cet homme... Pour quelle raison aurait-il tué la poule aux œufs d'or ?

Il s'appuya sur la table en se tournant vers les autres.

— Quoi qu'il en soit, il n'y a qu'une seule marche à suivre : retrouver cet homme et l'interroger ! Et pas question de compter sur des renforts de personnel ! Et fini les gros lots comme Bingo...

Ils se levèrent et quittèrent le bureau en silence.

— Tu sens qu'il y a quelque chose qui cloche dans cette affaire ? demanda Norri une fois qu'ils se furent éloignés dans le couloir.

— Oui. Là-bas, dans l'appartement, j'en étais convaincu...

Norri fronça les sourcils, absorbé par ses réflexions. Ils continuèrent d'avancer le long du couloir. Beaucoup de portes étaient fermées et ne laissaient filtrer aucun bruit, comme si l'on était en été, au beau milieu des vacances. Des enquêteurs étaient en stage, d'autres en congé maladie, et de plus en plus nombreux étaient ceux qui allaient chercher un autre emploi depuis que l'hôtel de Police avait déménagé à Pasila et n'étaient pas remplacés, même si le chef du personnel avait déclaré : « En cas de besoin, ils n'y aura qu'à piocher parmi ceux qui se bousculent au portillon. »

— Sans mentir, je suis sûr que l'affaire Lindberg est sur le point d'être bouclée, dit Norri quand ils arrivèrent au pied de l'escalier en colimaçon qui menait au quatrième étage. Hier, pendant que tu étais à Munkkiniemi, nous avons retrouvé la femme ivre qui titubait dans l'entrée du bar au moment où Lindberg est parti. Elle a affirmé que Lindberg se trouvait en compagnie d'un homme, et sa description concorde avec les déclarations du gardien. Donc, il semble évident que c'est le portier du bar qui ment. Parce qu'il connaît l'homme qui est parti en compagnie de Lindberg. Et qu'il le connaît intimement.

— Et ça semble s'être passé exactement comme on l'avait parié, dit Onerva. D'après l'ex-fiancée de Lindberg, leur liaison n'a pas tenu parce que Lindberg était incapable de rester à l'écart des hommes. En fait, Lindberg a persuadé ce type de quitter le bar avec lui et l'autre n'a compris de quoi il retournait qu'une fois arrivé sur place, et il n'était pas d'accord pour tout...

Norri s'arrêta sur le seuil de son bureau et regarda Harjunpää dans les yeux.

— Härkönen et Vähä-Korpela sont déjà allés chercher le portier, dit-il. En clair, on va faire comme ça : Onerva, toi et Bingo vous ne vous occupez que de la coiffeuse. Je m'occupe de l'architecte. Mais tenez-moi au courant. Et s'il y a des problèmes...

Harjunpää acquiesça.

Il entra dans son bureau, qui sentait le tabac et lui rappelait les dizaines d'affaires en cours. Onerva le suivit.

— Bravo, Timo. Tu as réussi à nous coller un nouveau dossier...

— Je ne comprends pas bien... Je pensais qu'il serait transféré.

— Et maintenant, on est censé retrouver cet homme et lui demander s'il a étranglé une certaine Helena ?

— On dirait...

Onerva se mit à rire, et son rire n'était pas seulement dû à la fatigue. Il avait une sonorité cristalline. Harjunpää se rappela ce que Bingo lui avait dit au sujet des fredonnements d'Onerva, et lui aussi esquissa un sourire.

— Mais aujourd'hui, je ne fais pas d'heures supplémentaires, dit Onerva. J'en ai déjà parlé à Norri. Le parrain de Mikko vient nous voir avec sa femme. Ils vont le prendre chez eux à Kulju pour les vacances de février. Sinon il aurait dû rester toute la semaine en ville. Et en plus...

Onerva passa les mains dans ses cheveux, laissant des boucles s'échapper sur ses épaules. Les yeux de Harjunpää s'étrécirent. Le visage d'Onerva était à présent empreint de douceur et de chaleur, comme si elle regardait à l'intérieur d'elle-même et y voyait quelque chose qu'elle avait envie de caresser.

— Morten va venir ?

— Oui, acquiesça Onerva. Il a appelé de l'aéroport. Il vient d'arriver de Hambourg. Et dès demain, il doit repartir pour Londres. Dans un des amplificateurs de brillance qu'il a vendus là-bas, il y a un problème de survoltage... Onerva trébucha sur les termes et éclata de rire aussitôt après. Harjunpää pensa que jusqu'à cet automne, Onerva n'avait pas encore su rire ainsi.

— Bon, on va démarrer l'affaire avec Bingo, dit-il. D'ailleurs, ça ne se passe pas trop mal avec lui. À part sa façon de parler... Mais il fait vraiment des efforts.

— Il est quand même un peu lourd, dit Onerva en jetant un coup d'œil vers la porte. Elle se pencha de plus près. — Il est venu me demander si j'avais vérifié que Morten n'était pas fiché chez nous...

— Il a peut-être le béguin pour toi, et il veut écarter les concurrents...

Onerva en fut amusée. Elle lança la tête en arrière. Ses cheveux dégringolèrent en cascade sur ses épaules et son cou formait un arc si beau et si blanc qu'il était agréable à regarder.

4

L'Attente

Au 1, route d'Ounasvaara, se dressaient quatre
immeubles proches les uns des autres, entourant
une cour qu'ils protégeaient comme l'auraient fait
les tours d'une citadelle. Vue de l'appartement
d'Onerva, dans la faible clarté des lampadaires,
avec ses haies et ses sentiers tracés dans la neige,
la cour ressemblait à un de ces tableaux étranges
qui ne permet pas vraiment de comprendre les intentions de l'artiste. Malgré l'heure tardive, des
cris d'enfants excités par les vacances se faisaient
encore entendre, venus d'on ne sait où. Ils lui
rappelaient Mikko. Mikko était parti en sautant
de joie avec Kari et Seija. Quand Kari avait eu
l'idée de garer sa voiture juste devant la porte de
l'escalier pour charger les bagages, Mikko s'était
senti pour une fois semblable aux autres garçons
de la cour. Il allait sur ses treize ans, mais il avait
encore dit cet automne : « Je sais que Papa est
mort... mais j'aimerais des fois qu'on soit une
vraie famille ».

Onerva appuya sa main contre la grille de l'aérateur et la culpabilité l'envahit, alors qu'elle avait cru en être à l'abri cette fois-ci. Elle eut l'impression d'avoir éloigné Mikko — de l'avoir éloigné par égoïsme, délibérément, juste pour être au moins une fois tranquille en tête à tête avec Morten. Elle pencha la tête de côté en réfléchissant à la question et elle estima petit à petit qu'elle n'avait peut-être pas eu tort, au bout du compte. Elle et Mikko ne voyaient personne depuis cinq ans, depuis que Juha avait succombé à une leucémie foudroyante. Elle avait quasiment oublié qu'elle avait une vie à vivre, elle aussi, la seule et unique qui lui avait été donnée. Elle avait également oublié que le temps nous est compté, que demain est déjà aujourd'hui et aujourd'hui déjà hier. Et elle ne voulait pas se réveiller un jour pour s'apercevoir qu'elle était une femme au visage aigri qui se débattait désespérément face à l'âge et à la solitude et qui maugréait sans cesse devant son fils devenu adulte : « Et voilà comment tu me remercies ! Ta maman qui a tout sacrifié pour toi... »

Onerva ne put s'empêcher d'esquisser un sourire et se sentit mieux. Elle retira sa main de la grille. Sa paume était glacée. Elle la pressa contre sa poitrine et la sentit se réchauffer rapidement au contact de la chaleur qui l'emplissait.

À vrai dire, elle savait que Mikko avait déjà vaincu sa jalousie instinctive et accepté Morten. En grande partie, tout le mérite en revenait à ce dernier : il avait su trouver le comportement juste. Il n'avait pas essayé d'imposer sa présence au garçon ni de faire semblant d'être ce qu'il n'était pas. Il avait laissé Mikko se rapprocher et lier connaissance peu à peu, sans se sentir forcé. Un léger sourire monta sur les lèvres d'Onerva. Même si elle se gardait généralement de penser à un futur éloigné, elle savait en son for intérieur qu'eux trois avaient de grandes chances de s'entendre. Elle s'en était rendu compte plus clairement lors de la dernière visite de Morten, quand Mikko s'était endormi, un livre sur sa poitrine. Morten l'avait contemplé longuement à travers l'entrebâillement de la porte et avait finalement chuchoté : « Je n'arrive pas à considérer les enfants comme des enfants, ni comme on les considère en règle générale. Pour moi, ce sont des êtres humains, meilleurs que les adultes — il n'y a pas autant de mensonge en eux... »

Un bien-être inexplicable envahit Onerva. Tout cela lui rappelait le temps d'avant, quand elle était avec Juha. Et pourtant, tout était différent. Avec Juha, elle avait connu un bonheur enivrant, avait été possédée par une joie débordante. L'envie de le garder près d'elle, pour elle. Mais à présent, elle ressentait au plus profond d'elle-même une impression d'accomplissement et d'apaisement. La solitude — la solitude morale, pas la solitude physique qui faisait naître des sourires sous-entendus sur les lèvres dès lors qu'il s'agissait d'une femme — avait pris fin. Il lui semblait avoir trouvé le chemin vers les pensées d'une autre personne. Elle avait su accueillir cette personne. Et tout cela formait une armure protectrice qui lui donnait une force incroyable, lui permettait d'affronter les matins sombres, les journées de travail déprimantes, la deuxième journée de travail qui l'attendait chaque soir à la maison, tout... En réalité, elle avait parfois l'impression d'être devenue plus forte que ce monde qui déferlait auparavant sur elle comme une boue grise, et il lui était alors facile de rire. Et en riant, elle se sentait encore plus légère. Et elle se rendait compte qu'elle était restée sans rire pendant de trop longues années.

Onerva se dressa sur la pointe des pieds, bascula sur ses talons, puis de nouveau sur la pointe des pieds, essayant de se rappeler dans les moindres détails le physique de Morten, mais elle n'y parvint pas. Morten n'était pas un bel homme au sens où on l'entendait généralement. Il était plutôt ordinaire, avec un visage presque ingrat. Mais quand on rencontrait son regard, on comprenait ce qu'était la véritable beauté d'un être humain. L'essentiel n'était pas *MOI* mais l'intérêt que l'on portait à l'autre, l'envie d'aider l'autre à être heureux. L'aptitude à comprendre l'importance des détails les plus insignifiants sans explication. La politesse de Morten n'était pas de la flatterie ni de la ruse comme chez la plupart des hommes. Elle était naturelle et se dégageait spontanément de lui. Elle mettait Onerva à l'aise et lui permettait d'être tout le temps elle-même sans faux-semblants.

Une voiture entra dans la cour. Ses phares apparurent entre les immeubles, balayant la haie. Un taxi. Le moteur haletant, il grimpait la pente légère de l'allée. Onerva se dressa sur la pointe des pieds, pressa son front contre la vitre — le taxi vira devant l'escalier et s'arrêta, et il s'écoula le temps nécessaire pour régler la course avant que la portière ne s'ouvrît. Morten sortit et, sentant manifestement qu'on le regardait, il jeta un coup d'œil vers le haut et agita la main. Onerva lui répondit, puis tourna le dos à la fenêtre et se hâta vers l'entrée d'un pas léger pour déverrouiller la porte par avance. Quand celle de l'immeuble s'ouvrit et que Morten s'engagea dans l'escalier, le courant d'air apporta de l'extérieur une bouffée de nuit.

5

Papa

Mercredi soir, quelques minutes avant sept heures et demie, le secrétaire spécial chargé des missions diplomatiques du ministère des Affaires Étrangères, monsieur Torsten Gunnar Wahlman, pénétra dans le hall d'entrée du 20, rue de Tehdas. Le hall était long, sombre et lugubre. Quand on avançait là-dedans et que l'on écoutait l'écho de ses pas, on avait l'impression que le monde extérieur n'était qu'illusion et que l'on s'en était détaché pour toujours, comme si on était seul et unique et qu'il n'y avait de vie qu'en soi.

Torsten s'arrêta juste avant de mettre un pied dans la cour. Il n'en avait pas eu l'intention, mais s'y sentit forcé. Quelque chose n'allait pas. Il le ressentait fortement. Il le savait. Il l'avait su toute la journée mais n'avait pas voulu y croire. Il se tenait comme un prédateur à l'affût devant l'entrée de son antre, mais ses yeux n'étaient pas ceux d'un prédateur — il pensait à lui-même, il effectuait un récapitulatif méticuleux. Sous son léger pardessus, il portait un complet de couleur craie à fines rayures, une chemise d'une propreté impeccable et une cravate sobre. À la main, une serviette neuve en peau de porc avec ce qu'il fallait dedans et, retenu par son petit doigt, un bouquet de roses jaunes. De ce côté-là, tout était en ordre. Mais il ne s'agissait que de la façade. Ce qui le perturbait venait de plus loin. Cela venait du fait que seul un tiers de sa personne tout au plus était secrétaire spécial chargé de missions diplomatiques. Pourtant, il avait essayé de s'en pénétrer toute la journée. Mais il avait des difficultés à se concentrer. Il en avait depuis bientôt une semaine. Et c'était justement cette faiblesse qui l'avait fait s'immobiliser. Cela l'angoissait et poussait son instinct à lui répéter sans cesse : « N'y va pas ! Fais demi-tour ! Ne commets pas une autre erreur. »

Il se racla la gorge et jeta un coup d'œil en arrière, comme s'il s'apprêtait à renoncer. Puis il pensa à Vuokko, et il frissonna. Vuokko était un nom de fleur. Mais cette Vuokko-là n'avait rien d'une fleur. C'était une petite boulotte aux mains potelées, une espèce de cochon d'Inde. Elle était craintive, sans aucune expérience des hommes. Apparemment, le seul qu'elle connaissait était son propre père, et elle se comportait avec lui, Torsten, comme elle voyait sans doute sa mère faire avec le vieux : quand elle ne le dévisageait pas avec des yeux emplis d'adoration naïve, elle s'affairait autour de lui : « Est-ce que tu veux de ceci, chéri ? Est-ce que tu veux que j'allume la télé, chéri ? » Et dans le lit, où ils étaient réunis à vrai dire très rarement, elle se vautrait, tas informe semblable à une baleine échouée sur le rivage, et elle gardait son regard rivé au plafond avec tant d'indifférence qu'il avait envie de lui demander si elle voulait un truc à lire. Et évidemment, elle n'oubliait jamais de demander : « Ça t'a fait plaisir, chéri ? » Torsten eut un haut-le-corps comme s'il avait touché quelque chose de visqueux. Il ne comprenait plus pourquoi il avait promis cette soirée à Vuokko. Il aurait pu la réserver à bien d'autres. En plus, il se dit que Vuokko, noyée dans son soi-disant amour, était la plus aveugle de toutes — elle aurait été allègrement prête à attendre une semaine de plus.

Torsten se retourna, mais s'arrêta aussitôt. Non, il ne fallait pas céder. Il ne fallait pas montrer de faiblesse, ni mélanger les sentiments avec le travail. Il entra dans la cour et partit d'un pas décidé vers l'escalier C situé dans la partie la plus reculée de l'immeuble. Vuokko était un objectif digne d'efforts, même si elle était fatigante et, en dépit de son âge — bientôt trente ans — dépendante de ses parents de manière gênante et astreignante. Ceux-ci habitaient dans l'escalier B du même immeuble. Par crainte d'une visite impromptue de leur part, Vuokko ne parvenait pas à se détendre et ne lui demandait que rarement de rester pour la nuit. C'était tout juste si elle avait osé lui donner la clé. Mais d'un autre côté, c'étaient les parents qui avaient acheté l'appartement à Vuokko, et c'étaient eux en réalité qui conféraient de la valeur à leur fille. Le père Haataja était plein aux as. Il venait de vendre son magasin de prêt-à-porter très rentable et, pour couronner le tout, c'était de toute évidence un homme malade. Ils s'étaient croisés un jour dans la cour. Le pourtour de la bouche du vieux était blanc et les lèvres bleuies. Il était fort probable que la veuve et sa fille auraient besoin avant même cet été des conseils d'un spécialiste pour le partage des biens.

Torsten fit carillonner la sonnette et composa par avance un sourire sur son visage — un sourire charmé et charmeur, comme d'habitude, mais il y glissa d'instinct un soupçon d'autorité cette fois-ci. Vuokko détestait son père, même si elle ne s'en rendait pas compte, pourtant elle avait en même temps manifestement besoin de la poigne du vieux despote. Vuokko ouvrit immédiatement. Elle l'avait attendu dans l'entrée. La plupart l'attendaient dans l'entrée. Et quand elles ne le faisaient plus, alors il était grand temps de recouvrer le solde de l'impôt sur la jouissance.

— Torsten...

— Bonjour ! Mais attends, je ne...

Torsten se raidit sous l'effet d'une secousse de mise en garde, une véritable décharge électrique, et il se tut brusquement. Il avait failli commettre un premier impair. Il avait failli claironner que Torsten était le nom de son frère et que lui s'appelait Torolf — mais en fait, pour Vuokko, il était bien Torsten, et fils unique par-dessus le marché.

— Attends un instant, reprit-il. Tiens-toi comme tu te tenais tout à l'heure, dit-il, réussissant à afficher un air enjoué sur son visage, mais il avait la sensation glaciale qu'il aurait dû s'abstenir à tout prix de venir, que l'air vibrait tout entier de la menace d'une catastrophe.

— Je m'en suis quand même souvenu dans les moindres détails ! C'est exactement dans cette attitude que je t'ai imaginée pendant toute mon absence. Même aujourd'hui, quand l'avion décollait de l'aéroport d'Orly, à Paris.

— Oh Totte, mon chéri... Moi aussi j'ai pensé à toi, même dans mes rêves ! Je t'ai tellement attendu ! J'aurais tellement voulu parler avec toi...

Torsten tendit les fleurs à Vuokko et s'aperçut au même moment de sa deuxième erreur : il avait laissé les roses dans leur emballage. Mais Vuokko n'y prêta aucune attention. Elle s'en empara et alla gentiment dans la cuisine où elle entreprit de défaire bruyamment le papier — sans même l'avoir étreint ni embrassé. Un vrai cochon d'Inde.

Torsten ôta son manteau et entra dans le salon. Il fut saisi par une impression d'étouffement, comme si la pièce l'avait aspiré en son sein ou s'était effondrée sur lui. Sur le papier peint couleur chocolat serpentaient des entrelacs de motifs dorés. Les fauteuils avaient en guise de pieds de ridicules pattes de lion. Des petits souvenirs de pacotille étaient éparpillés partout, et au-dessus de l'alcôve était accrochée une tapisserie à longues mèches et aux couleurs criardes qui proclamait en son centre avec des lettres ornementales rouges : « Le bonheur n'est qu'un don éphémère. » Tout cela définissait typiquement Vuokko et son immaturité. Ou plutôt, c'était presque une partie de son corps, comme ses seins entre lesquels on étouffait si on y pressait son visage.

Torsten desserra sa cravate et défit le bouton de son col. Il essaya de se calmer en se persuadant que tout cela n'était dû qu'à un emploi du temps trop chargé, qu'il n'avait pas eu le loisir de décompresser. Mais ce n'était pas vrai. Il le savait. Il savait aussi qu'il devait rapidement trouver quelque chose, peut-être évoquer la fatigue, même si c'était grossier. Mais le mieux serait de pouvoir rester un petit moment seul. Il ouvrit sa serviette avec des gestes saccadés et sortit un flacon de parfum. Du parfum français, « Arpège » de Lanvin. Il l'avait chapardé dans un grand magasin du centre. Il aurait pu se permettre de le payer, surtout maintenant, mais que le flacon ait été volé ajoutait d'une certaine façon du piment à toute cette farce.

— Un petit souvenir de Paris, dit Torsten en posant le paquet sur la table de la cuisine. Vuokko avait fini par sortir les roses. Elle les tenait comme si elle avait peur que les épines se plantent dans ses mains.

72

— Oh merci, Totte ! Mais ce n'est pas la peine à chaque fois... Enlève ta veste, chéri ! Tes pantoufles sont dans l'entrée ! On causera tout à l'heure, le temps que je...

— Vuokko, murmura Torsten en souriant d'un air las, pour parler franchement, je... Si ça ne t'ennuie pas, j'aurais bien aimé prendre une douche. L'avion était bondé. On se serait cru au sauna.

Les mains de Vuokko se figèrent. Le vase resta en suspens. Une lueur d'effroi passa dans ses yeux — elle pensa à ce que papa et maman diraient s'ils arrivaient à l'improviste alors qu'un homme nu se trouvait dans sa douche. Mais ensuite l'esprit de révolte s'éveilla en elle, juste assez pour qu'elle puisse croire qu'elle avait le pouvoir de punir ses parents grâce à lui. Elle mit les roses dans le vase et dit :

— Pourquoi est-ce que ça m'ennuierait ? Vas-y donc. Je vais nous préparer un petit quelque chose à manger en attendant. On causera quand tu auras fini.

Torsten eut l'impression de se réveiller en sursaut. Vuokko avait déjà plusieurs fois fait allusion au fait qu'ils devaient « causer » ensemble. Il ne s'en rendait compte que maintenant, obnubilé qu'il avait été par son agacement. Elle avait quelque chose de bizarre. Elle était tendue mais elle essayait de le cacher. Sa nervosité semblait avoir deux visages, comme si un événement regrettable s'était produit mais qu'il s'y attachait malgré tout quelque chose de bon. Son père était-il mort ?

73

Non. Sinon elle se serait mise à brailler aussitôt après avoir ouvert la porte. Mais peut-être que le vieux avait eu une crise prometteuse...

— Tout va bien, n'est-ce pas ? Il n'est rien arrivé à tes parents ?

— Non...Tout va très bien. Va prendre ta douche maintenant.

Torsten prit Vuokko dans ses bras, l'embrassa, devinant déjà en gros de quoi il retournait : elle avait pris son courage à deux mains et avait soutiré de l'argent à son père. Vuokko travaillait dans une banque et son salaire n'était pas mirobolant, mais elle s'était débrouillée pour lui acheter un cadeau extravagant — une pipe en écume de mer ornée de perles authentiques, peut-être, oubliant qu'il ne fumait pas. Il s'écarta, presque à contrecœur, et dit :

— Je vais me dépêcher ! Totte et son petit cochon d'Inde chéri causeront ensuite !

Torsten se tenait sous la douche, le visage tourné vers le haut pour que l'eau puisse le fouetter pleinement. Il resta longtemps ainsi, si longtemps qu'il commença à avoir l'impression de s'élever vers le plafond tandis que quelque chose se détachait de lui au fond du bac et s'écoulait par la bonde, emporté par l'eau, et à ce moment-là seulement il commença à se sentir apaisé. Il ferma le robinet, écarta le rideau de douche et avança devant le miroir. Il examina son image. Il n'était pas bel homme. Il l'avait toujours su, il ne s'était jamais menti à ce sujet. Il se pencha plus

74

près et essuya la buée du tranchant de la main. En réalité son visage était de ceux qui, croisés dans un tramway, s'oubliaient dès que l'on descendait. Mais ce n'était qu'un avantage. Aucune de ses femmes ne pouvait le soupçonner d'infidélité. En fin de compte, même si la qualité de l'outil n'était pas à négliger, c'était le talent de l'utilisateur qui était primordial.

Torsten recula d'un pas. Mais le miroir était trop petit. Dans toutes les salles de bains, le miroir est toujours trop petit. Il y voyait quand même sa poitrine, son ventre et ses bras. La moitié de lui-même. Il n'était pas bien grand non plus. Musclé, encore moins. Et sa poitrine était presque glabre. Il n'y poussait que quelques crins blonds clairsemés. Dans sa jeunesse, il en avait conçu beaucoup de dépit, mais par la suite, il avait constaté que cela n'en valait pas la peine — seuls les vêtements faisaient l'homme, et quand ils ne pouvaient plus remplir leur fonction, les lumières étaient tamisées ou il faisait nuit noire et les femmes avaient autre chose en tête. Torsten promena ses doigts sur sa poitrine et ses yeux se posèrent sur le pli de son coude. Et à cet instant, une pensée brutale envahit son esprit : il avait tué Helena. Cela le frappa comme un coup de pied inattendu. Il tressaillit et agrippa le rebord du lavabo, haletant.

Mais ç'avait été un accident. En partie, au moins. Elle était couchée sur son bras et elle avait soupiré, comme elle soupirait toujours. Sans dire un mot, il avait alors replié son bras ; il avait enserré son poignet avec son autre main et l'avait pressé contre sa poitrine. Il n'avait pas serré longtemps, quelques dizaines de secondes tout au plus. À tout moment il lui aurait encore été possible de prétendre qu'il ne s'agissait que d'un jeu. Helena ne s'était pas débattue. Elle n'avait même pas poussé un râle. Mais quand il avait desserré son étreinte, elle était morte.

Torsten releva la tête. Son visage était méconnaissable et décomposé. Il ouvrit d'un geste hâtif le robinet d'eau froide et s'aspergea, puis il se gargarisa, sentant l'effroi refluer au profit d'un flot de pensées rationnelles qui lui certifiaient qu'il n'avait rien à craindre à cause d'Helena, qu'il n'avait laissé aucune trace, et qu'il leur serait quasiment impossible de remonter jusqu'à lui, même s'ils partaient à la recherche de l'homme qu'elle avait fréquenté. Mais il était consterné, inutile d'essayer de le nier. Il savait que, d'ici une quinzaine, l'idée de convertir ses biens en liquide aurait eu le temps de mûrir dans la tête d'Helena. Une belle somme au total. Aux alentours du million. En tout cas suffisamment pour lui permettre de tout quitter pendant quelque temps et de partir profiter enfin de la vie sous le soleil de Floride.

Il commença à se sécher, mais s'approcha à nouveau du miroir. Le bord supérieur était couvert de buée. Il y dessina un cœur, et au milieu de celui-ci, le signe « T+V ». Il savait que le dessin disparaîtrait quand le miroir serait sec mais qu'il réapparaîtrait dans un jour ou deux, quand Vuokko laverait ses petites culottes ou prendrait une douche. Il se rhabilla rapidement. Son apparence extérieure était redevenue presque normale, mais il sentait encore une tension répugnante dans son ventre, comme une peau tendue sur laquelle quelqu'un aurait tambouriné avec les doigts. Il se dit qu'il devait aller dans le salon et mettre sur l'électrophone un des concertos Brandebourgeois. Il ne les aimait pas, pas plus que la musique en général, mais cela impressionnait les femmes, particulièrement Vuokko qui n'y entendait rien de plus que lui.

Vuokko l'attendait déjà dans le salon. Elle avait sans doute laissé en plan la préparation du dîner. Mais ce n'était pas une grosse perte, vu ses talents dans ce domaine. Elle se tenait debout à côté du fauteuil, empotée et troublée comme une vachère qui aurait osé se mettre en travers du chemin du châtelain. Elle tortillait ses doigts entrecroisés sur son ventre tout en guettant son regard.

— Totte...

— Oui ?

— J'ai quelque chose à te demander.

Torsten s'assit et tapota ses cuisses comme s'il appelait un chien ou invitait Vuokko à venir s'asseoir sur ses genoux. Elle resta debout, mais comprit quand même qu'elle avait la permission d'en dire plus.

— Est-ce que tu pourrais me parler de ta

femme ? demanda-t-elle d'une voix douce dont toute curiosité semblait absente. Je veux dire, que tu me racontes comment tout ça est arrivé. Tu n'es pas obligé, si ça te fait du mal. Mais comme une fois tu avais...

Torsten se taisait. Il ne comprenait pas où Vuokko voulait en venir. Mais il ne voyait pas non plus de piège où il aurait pu tomber, alors il tenta de se remémorer rapidement ce qu'il avait évoqué les fois précédentes et dit avec douceur :
— Je veux bien. Tout ça remonte quand même presque à trois ans...

Vuokko s'agenouilla devant lui comme une petite fille venue écouter un joli conte avant de se coucher. Elle posa ses mains sur ses genoux et chercha ses doigts sans le quitter des yeux.

— Helena te ressemblait, commença Torsten. Pas physiquement, je veux dire, mais il y a en vous quelque chose de commun, une certaine assurance, une joie de vivre...

Il enserra les mains de Vuokko comme pour mieux communiquer avec elle, puis il se cala profondément dans le fauteuil et lâcha après un soupir :
— À cette époque, je remplaçais le secrétaire d'ambassade à Stockholm. Mais ma mission se prolongeait plus longtemps que prévu, alors Helena et moi avions décidé qu'elle viendrait s'installer en Suède. Nous n'étions mariés que depuis un an, tu imagines... Et en plus... Helena attendait un bébé... Je revenais en Finlande pour m'occu-

per du déménagement, et Helena devait venir me chercher à l'aéroport de Seutula. Mais en route... Elle n'était pas encore habituée à notre nouvelle voiture — un petit cabriolet Mercedes. Elle a perdu le contrôle en dépassant un véhicule et elle a heurté une pile de pont... Je... La seule chose qui me console, c'est qu'elle n'a pas souffert. Et surtout que les dernières pensées d'Helena ont été des pensées heureuses — elle est morte en pensant à l'homme qu'elle aimait, la tête pleine de projets agréables.

Torsten dut déglutir et s'éclaircir la gorge.

— Et pourtant, j'en ai ressenti un chagrin inconsolable. Je n'ai pas pleuré seulement sur la perte de Helena, mais aussi sur celle du petit Torolf ou de la petite Anna-Cecilia qui n'a jamais pu voir ce monde... J'ai pleuré sur un rêve. Le rêve de se voir soi-même dans un autre être qui trottinerait sur ses petites jambes...

Torsten jeta un coup d'œil à Vuokko derrière ses cils. Elle pleurait sans bruit, mais avec une telle intensité que ses yeux étaient vitreux et ses joues mouillées. Elle s'émouvait facilement. Elle avait déjà versé des larmes lorsqu'il lui avait parlé de la vieille église de Hattula où leur mariage devait être célébré prochainement.

— Oh mon amour ! dit-elle entre deux sanglots. Elle fit courir ses mains sur son cou et sur son visage. — Je suis si heureuse ! Ton rêve va enfin se réaliser ! Je le sais ! Je crois que j'attends un enfant...

Torsten en resta pétrifié. Puis il eut l'impression que quelque chose explosait dans son ventre, le déchirait et le lacérait de l'intérieur. Ses bras et ses jambes se raidirent subitement comme s'ils s'étaient changés en fer, en pierre ou en glace. Pendant plusieurs secondes, il fut incapable de penser à quoi que ce soit, mais il se rendit compte ensuite que Vuokko avait laissé planer un doute.

— Tu crois ? demanda-t-il. À ses oreilles, ses mots sonnaient comme si quelqu'un d'autre les avait prononcés, avec un ton hargneux et rauque qui n'appartenait pas au secrétaire spécial d'ambassade Wahlman.

— Tu crois vraiment... que nous... Mon Dieu, ce serait...

Il ne pouvait plus rester assis, il fallait qu'il bouge. Il s'extirpa du fauteuil et aida Vuokko à se lever, puis il alla se poster plus loin et la regarda, la tête inclinée. Vuokko souriait d'un sourire niais partagé entre le bonheur et l'appréhension, et elle poussait son ventre en avant comme une véritable incarnation de la maternité alors que sa grossesse ne pouvait pas remonter à plus de quelques semaines.

— Je vais tout de suite m'occuper des préparatifs du mariage, dit Torsten, mais sa voix était toujours celle d'un étranger. Il savait qu'il aurait dû prendre Vuokko dans ses bras, la faire s'asseoir au bord du lit et se mettre à parler d'avenir. Mais ça lui était impossible. La haine lui tordait les entrailles, faisant frémir son visage. Non pas parce qu'il se croyait contraint maintenant de se marier avec Vuokko — ça, il ne s'y abaisserait jamais — mais parce que en l'espace de très peu de temps, c'était déjà le deuxième filon qui lui échappait. Et, d'une certaine manière, il y avait une profonde injustice à ce qu'entre toutes les femmes qu'il voyait, ce soit précisément Vuokko qui réussisse à tomber enceinte de lui. Elle avait peut-être ce qu'il fallait pour être la mère de l'enfant d'un technicien en informatique, mais du sien, jamais. Elle n'avait aucun droit d'être enceinte de lui. Et elle ne l'aurait pas été si elle n'avait réussi à le mystifier d'une façon ou d'une autre.

Torsten pivota d'un bloc et gagna à grands pas le côté opposé de la pièce. Il ouvrit d'un coup sec les rideaux qui masquaient la fenêtre et riva son regard sur le mur d'en face, de l'autre côté de la cour. Vuokko le suivit en se dandinant et resta debout derrière lui. Des vagues écarlates et brûlantes déferlèrent dans son esprit. Comme il pouvait détester jusqu'à son odeur ! Il serra les dents en pensant que c'était elle qui aurait dû se trouver vendredi sous son bras, et non pas Helena.

— Tu n'es pas fâché ? demanda-t-elle d'une petite voix comme si elle avait eu tout à coup un aperçu de ses pensées.

— Non. Comment pourrais-je l'être ? Comment peux-tu seulement poser cette question ?

— J'ai un peu peur... de ce que papa et maman

vont dire. Mais si tu venais avec moi quand j'irai leur parler de nous...

— Si je venais avec toi quand tu iras leur parler de nous, la singea Torsten, incapable de contenir sa haine plus longtemps — celle-ci avait pris trop d'ampleur et l'amenait au bord de la furie. Son visage le brûlait, ses mains avaient envie de s'élever vers Vuokko comme si elles étaient douées d'une volonté propre.

— Oui...

— Espèce d'idiote, tu ne pouvais pas prendre au moins assez de précautions pour ne pas te retrouver en cloque ? hurla Torsten en frappant du plat de ses mains les épaules de Vuokko. Elle fit plusieurs pas en arrière en titubant, cahotant comme une espèce de sac. Sa bouche était grande ouverte, ses yeux comme des grosses billes blanches.

— Et qu'est-ce qui me prouve que c'est le mien ?

— Je... non, Totte ! Papa chéri, non !

— Je ne suis pas ton père !

— Oh, seigneur Dieu... Tu n'es pas Torsten ! Torsten n'est pas comme ça ! Mon chéri, mon amour, redeviens comme avant...

— Non. Je ne suis pas Torsten...

Il la saisit. Elle essaya de crier mais elle n'en eut pas l'occasion. Sa gorge était de la même pâte molle que ses mains et ses seins et tout le reste.

6

Dépôt de plainte

Harjunpää se tenait dans le couloir, l'oreille quasiment collée à la porte de Norri, et lorsque Bingo surgit du bureau de Härkönen, il s'en éloigna avec une rapidité coupable.

— Ça y est, on a une touche ! claironna précipitamment Bingo.

Toute la matinée, il s'était démené, essayant visiblement de se faire pardonner. Quand il avait pris son service, il empestait la biture de la veille, peut-être même un petit verre matinal par-dessus, et Harjunpää s'en était rendu compte mais n'avait rien dit à personne.

— Je crois bien, lâcha Harjunpää en entrant dans son bureau. C'est forcément lui. Il est déjà en train de donner une troisième version de la façon dont la montre de gousset de Lindberg s'est retrouvée chez lui.

— Je ne parlais pas de celui-là. Où est Onerva ?

— À la Brigade Financière...

Il sembla à Harjunpää que la mine de Bingo s'assombrissait.

— Elle est toujours persuadée que le chèque et les autres retraits sont liés à l'affaire.

— Ah...

Bingo posa sur la table la fiche qu'il tenait entre ses mains, tapota du bout de l'ongle les coordonnées notées dessus et essaya de retrouver son enthousiasme.

— Cette madame Huttunen était une habituée du salon d'Helena depuis des années. Et en réalité, c'est la première à qui Helena a fait des confidences sur sa vie privée. Aux alentours du Jour de l'An, elle lui a laissé entendre qu'elle attendait un invité dans la soirée. Un homme. Et devine quoi ?

— Quoi ?

— Le plus drôle, c'est que l'homme en question est des nôtres. Surveillance du Territoire.

Le regard de Bingo brillait d'une lueur teintée de triomphe, d'une joie proche de l'exubérance, comme chez quelqu'un qui a remporté une victoire en dépit des doutes exprimés par tous. Harjunpää s'empara de la fiche d'une main sceptique, puis l'enthousiasme le gagna lui aussi — ce tuyau était leur premier élément sérieux, et s'il s'avérait exact, l'enquête ferait un pas décisif.

— Fichtre !

— C'est Helena qui lui a raconté ça. Et après, elle a apparemment regretté d'en avoir tant dit et elle a laissé entendre que le type n'aimait pas du tout qu'on parle à la cantonade de son travail.

— C'est un peu leur genre. Elle ne lui a pas dit son nom ?

— Si. Le prénom. Mais cette madame Huttunen ne s'en souvient pas. Juste que c'est un prénom suédois et difficile à prononcer.

— Bon, ça restreint déjà les possibilités...

Harjunpää se leva, en proie à une certaine excitation, et s'approcha de la fenêtre. Le centre-ville se dessinait devant l'horizon grisâtre en une succession imprécise de tours et de toits. Sous un de ces toits se trouvait l'immeuble du 12, rue Rata. Et dans cet immeuble, la Surveillance du Territoire. Les journées précédentes perdues inutilement ne le culpabilisaient plus. Mardi, ils avaient fouillé de nouveau l'appartement d'Helena, y compris le contenu de la corbeille à papiers et du lave-linge. Ils avaient même feuilleté les annuaires et les vieux journaux, page par page, le tout sans résultat — ils n'avaient pas trouvé le moindre indice quant à l'identité de l'ami d'Helena. Mercredi, ils avaient passé au crible sa famille et ses amis, mais ceux-ci avaient affirmé qu'elle ne fréquentait personne. Le soir, ils avaient entamé sérieusement les auditions. Ils avaient fait le tour de l'immeuble, logement par logement, et ils avaient également traversé la route de Perus pour visiter tous les appartements d'où l'on pouvait éventuellement voir chez Helena. Le seul résultat obtenu avait été la vague description, déjà donnée par le voisin de l'appartement adjacent, d'un homme croisé parfois dans l'escalier. Cette description correspondait au moins à quelques dizaines de milliers de représentants de la population masculine de Helsinki.

— Écoute...

Harjunpää se retourna. Bingo s'était glissé dans son dos sans bruit, comme il l'avait déjà fait à Munkkiniemi. Harjunpää n'aimait pas ça. Et il n'aimait pas non plus l'expression de Bingo. Elle avait quelque chose d'étrangement égrillard, à la limite de la grossièreté. Il n'aimait pas ça, parce qu'il ne savait pas ce qui la suscitait.

— Alors ? Quoi ?

— Tu voudrais bien être sympa et ne plus m'appeler Bingo. Au moins quand...

Bingo s'arrêta au beau milieu de sa phrase comme s'il regrettait soudain sa demande. Mais Harjunpää devina ce qu'il avait voulu dire ensuite. Et en ce moment, alors qu'ils se tenaient si près l'un de l'autre, il se rendit compte à quel point Bingo paraissait usé — la peau de son visage était grise et poreuse comme la surface d'un objet et non pas d'une figure humaine. Le pourtour de ses yeux était continuellement agité, à cause d'une certaine anxiété peut-être, et sa dernière visite chez le coiffeur remontait aux calendes grecques, si bien que ses cheveux pendaient en mèches enchevêtrées par-dessus son col. De toute sa personne se dégageait ce même aspect misérable, même si ses vêtements avaient l'air propre au premier abord. À son propre étonnement, Harjunpää se rendit compte qu'il ne connaissait pas le prénom de Bingo, alors qu'il savait son nom de famille : Sorvari.

— Avant, on m'appelait Veksi. Ça vient de Veikko.

— O.K....

— Bingo, ça a commencé quand j'ai eu des problèmes. Ils me mutaient d'un service à l'autre... Bingo ! qu'ils disaient toujours quand j'arrivais. Tu piges — dans le Bingo on ne gagne que du mauvais café ou d'autres lots merdiques.

Du couloir se fit entendre un cliquetis nerveux de talons qui approchaient et Harjunpää dit inutilement : « Onerva... »

Onerva portait une pile de papiers — apparemment des photocopies de dépôts de plainte et de rapports d'auditions. Son maintien était particulièrement altier et elle souriait comme si elle avait voulu dire : « J'avais vu juste ! »

— Écoute ! dit vivement Bingo et son visage s'anima. Il était soudain un tout autre homme que l'instant précédent. — Maintenant, on file à la Surveillance du Territoire pour arrêter un meurtrier. J'ai continué d'éplucher le fichier de sa clientèle, et crac ! une bonne femme savait que le type en question était de la Surveillance.

— Et ce type s'appelle Torolf Anders Backman et il est contrôleur général, dit Onerva en posant ses papiers sur la table. Et tout serait parfait, sauf qu'ils n'ont pas chez eux de contrôleur général de ce nom, ni même de simple enquêteur. Ce Backman n'existe nulle part. Il est même inconnu à l'État Civil.

— Merde de merde.

— Mais comment as-tu...

— Tero Kallio a déterré tout ça, dit Onerva avec encore une certaine fièvre dans la voix. Des affaires d'escroquerie, toutes en panne. Commises cette année. Dans l'une d'elles, le suspect est justement le contrôleur général Backman, dans une autre, c'est le chef de projet de chez Neste, quelqu'un qui n'existe pas non plus, dans la troisième, c'est le spécial quelque chose des Affaires Étrangères, une fonction qui n'existe même pas chez eux. Mais il s'agit de toute évidence du même homme. Son physique, son *modus operandi*, le fait qu'il ait chaque fois remboursé l'argent qu'il avait emprunté une première fois...

Onerva s'assit, alluma une cigarette et ajouta :

— Et dans chacune de ces affaires, le plaignant est une femme. Célibataire, veuve, divorcée. Plus de trente ans. Exactement comme Helena.

— Ou comme toi, dit Bingo en s'approchant de la fenêtre de façon à tourner le dos aux autres.

Harjunpää vit Onerva se raidir, mais cela ne dura qu'un instant. Elle se ressaisit et répondit comme si elle n'avait absolument pas compris ce que Bingo voulait insinuer :

— Ou comme moi. Mais moi, on n'arrivera pas à me baratiner. Aucun de mes collègues n'arrivera jamais à me baratiner — même pas pour que j'aille prendre une bière avec lui.

Un long moment passa avant que Bingo ne réussisse à grommeler :

— Ce n'est pas ce que je voulais dire... Mais c'est quand même surprenant que des femmes comme ça... qu'elles soient si faciles à arnaquer, qu'elles mordent à n'importe quel hameçon. Je voulais surtout dire que toi, tu comprendrais peut-être plus facilement...

— Oui, effectivement, dit Onerva, évitant de laisser percer une intonation narquoise derrière ses mots. Il suffit de penser aux possibilités qui se présentent — si je fréquentais un homme célibataire, et donc certainement plus jeune que moi, il s'attendrait à ce que ce soit tout le temps la fête bisou-bisou. Et il ne comprendrait pas Mikko. Il ne concevrait pas qu'un enfant puisse être jaloux, et il le deviendrait lui-même. Et alors j'aurais au bout du compte à m'occuper de deux enfants. Sans oublier que ce pauvre petit ne supporterait pas le persiflage des autres...

Harjunpää gardait les yeux rivés sur ses mains et se disait qu'Onerva avait beaucoup changé. Il n'y a pas si longtemps, elle n'aurait parlé à personne de cette façon, pas même à lui, pas même en tête à tête, à la fin d'une journée épuisante.

— Par contre, s'il avait mon âge et s'il était veuf ou divorcé, plein à ras bord de ses propres blessures, il s'évertuerait à faire de moi une édition revue et corrigée de son ex-épouse. Et pour ma part, je ne supporterais pas ça — qu'on me dicte ma conduite, qu'on m'interdise mes propres choix... En général...

Le ton d'Onerva changea — maintenant, Harjunpää savait que la suite s'adressait expressément à Bingo, et que tout ça avait à voir avec des événements dont il n'avait pas la moindre idée.

— Le problème, c'est que les hommes ne supportent pas de rester seuls. Même pas suffisamment longtemps pour arriver à faire le point sur ce qui est allé de travers et faire au moins la paix avec eux-mêmes. Dès qu'ils ont divorcé, ils se précipitent presque tous dans le giron d'une autre femme, avec toute leur peine, en s'imaginant que celle-ci va tout régler d'un coup de baguette magique. Alors si un jour on a la chance de rencontrer un homme à peu près équilibré et libre, qui n'impose et qui n'exige rien, je comprends qu'on ait envie de s'y accrocher !

Le téléphone sonna et Harjunpää se précipita sur le combiné avec un soupir de soulagement comme s'il venait d'échapper à une catastrophe imminente.

— Inspecteur Harjunpää à l'appareil.

— Salut, c'est Tupala.

Harjunpää comprit que Tupala tenait sa main devant sa bouche et il en déduisit que quelqu'un qui n'était pas censé entendre la conversation se trouvait dans son bureau.

— J'ai ici une plaignante dans une affaire de coups et blessures. On a tenté de l'étrangler.

— O.K., fit Harjunpää. Il eut tout de suite un pressentiment. Il devina qu'une scène importante était sur le point de se jouer.

— J'ai pensé que vous pourriez la prendre, même si c'est le tour de la division de Kandolini. Je veux dire, elle a approximativement le même âge que votre coiffeuse, et l'auteur des violences est un fiancé entré dans sa vie il y a quelques mois, un secrétaire spécial du ministère des Affaires Étrangères — va savoir ce que c'est, ça !

Harjunpää claqua des doigts en regardant les autres et agita sa main en direction du téléphone.

— O.K., fais-la venir ici.

— D'accord. Mais ses parents sont avec elle. Et j'ai l'impression qu'il serait préférable qu'ils n'assistent pas à sa déposition.

— On s'arrangera.

Une bonne quarantaine de minutes plus tard, Harjunpää était bien content qu'Onerva fût restée assise à côté de la porte. Il lui jeta un rapide coup d'œil. Onerva comprit. Elle se leva et déplaça sa chaise pour venir s'installer à coté de Vuokko Haataja, recroquevillée en face de Harjunpää. L'inspecteur recula discrètement vers l'armoire métallique qui contenait ses dossiers. Vuokko ne pleurait plus. Les larmes avaient été vite ravalées. Elles n'avaient été dues qu'à la honte, et Vuokko avait relativement bien décrit les événements de la veille au soir et dépeint l'homme qui s'était trouvé chez elle, Torsten Wahlman. Mais quand on en était arrivé au mobile des coups et blessures, elle s'était complètement refermée. Onerva toucha la main de Vuokko, un peu de la même manière que Harjunpää quand il consolait Pauliina et Valpuri, et elle posa une question à voix si basse que Harjunpää ne comprit pas ce qu'elle avait dit, mais il perçut quand même la réponse roquetante de Vuokko.

— Ou plutôt, je croyais que je l'étais. Mais en réalité, je ne l'étais pas... ou alors j'ai fait une fausse couche...

Harjunpää poussa un soupir en regardant le ciel triste. Il pensa aux parents de Vuokko qui patientaient dans le couloir : Kaleva Haataja avait près de soixante-dix ans, et même si un air fatigué ou malade se lisait sur son visage, on comprenait tout de suite en voyant sa façon de se tenir droit et de dresser le menton qui faisait la loi dans la famille. Mme Haataja avait jeté des coups d'œil inquiets à son mari comme si elle avait eu honte de cette situation saugrenue et qu'elle avait attendu des instructions sur l'attitude à adopter. Et Vuokko — bien qu'elle fût majeure — s'était tenue derrière ses parents si humblement et si discrètement qu'elle avait donné l'impression de ne pas avoir le droit d'exister avant d'en avoir reçu l'ordre.

— Voulez-vous bien aller patienter là-bas, au bout du couloir ? avait demandé Harjunpää. Kaleva Haataja l'avait fusillé du regard comme s'il avait eu l'intention de protester vivement, mais il avait finalement cédé, et il avait lâché :

— Je voudrais d'abord dire quelques mots.

— Allez-y.

— Non seulement cet homme est dangereux mais c'est aussi un escroc. J'ai téléphoné ce matin au ministère des Affaires Étrangères, et ils ne connaissent aucun Wahlman. Et avant tout, je tiens à souligner que cette liaison se déroulait à mon insu...

Et il avait continué, sans se soucier de la présence de sa femme ni de celle de sa fille :

— Je me sens en partie responsable, mais seulement dans la mesure où c'est moi qui ai acheté cet appartement à Vuokko. J'avais pensé qu'il était temps qu'elle devienne indépendante... Il faut voir le résultat ! Une crétine comme sa mère. Dieu merci, elle ne s'est quand même pas retrouvée gravide de cet escroc.

— Et c'est ça qui l'a rendu fou de rage ? demanda Onerva à Vuokko d'une voix douce, mais Harjunpää discerna que sous la douceur apparente couvait de la haine.

— Oui. Enfin, pas vraiment... Je sais qu'il est tombé en état de choc. La douleur et la joie ont dû s'emmêler dans sa tête — il venait juste de me parler de la mort d'Helena quand j'ai...

— Quelle Helena ?

— Sa femme.

Harjunpää ne put rester en place plus longtemps. Il revint vers sa chaise.

— Quand est-ce que cela s'est produit ? demanda Onerva.

— Il y a trois ans, au moins. Elle a eu un accident de voiture. Elle était enceinte...

Vuokko baissa la tête, luttant visiblement contre elle-même, triturant nerveusement le sac en daim posé sur ses genoux. Puis elle renifla et leva le visage, et même si ses yeux étaient de nouveau humides, leur expression était décidée, presque rebelle.

— Et je ne veux pas porter plainte, dit-elle. C'est papa qui m'a forcée à venir. Et je suis sûre que papa n'a pas téléphoné au bon endroit. Parce que Torsten existe. Torsten travaille là-bas. Et il n'avait pas l'intention... Il n'était pas lui-même. Je sais que malgré tout, il...

Onerva soupira. Harjunpää regarda la photocopie placée devant lui. À l'emplacement « Suspect ou Coupable », on avait tapé : « Homme, 35-40 ans environ, répondant au nom de WAHLMAN, Torsten, Gunnar, secrétaire spécial chargé des missions diplomatiques du ministère des Affaires Étrangères ». La plaignante qui avait signé cette déposition était chef d'équipe dans une entreprise de nettoyage, mère célibataire âgée de vingt-huit ans. Wahlman avait reçu d'elle cinq mille marks pour l'aménagement de leur future maison en Espagne, pays où il était affecté.

— Et en tout cas, je l'aime, murmura Vuokko si faiblement que l'on pouvait à peine séparer ses paroles de son souffle.

— Excusez-moi un instant...

Harjunpää se leva et gagna le couloir, Onerva

sur ses talons. Du bureau de Norri provenait le staccato furieux d'une machine à écrire. Quelque part, au fond, un téléphone sonnait. Derrière l'angle, le toussotement sec de Kaleva Haataja résonna.

— Est-ce qu'on ne pourrait pas être charitable envers elle, chuchota Harjunpää. Au moins pour éviter de faire triompher son père, si ce n'est pour d'autres motifs.

Onerva haussa les sourcils.

— On gardera ses déclarations sous le coude, ou on les passera tout bonnement à l'as, expliqua Harjunpää. Il suffira d'arguer que les coups et blessures se sont produits dans un lieu privé et que la victime ne veut pas porter plainte... Comme ça, on pourrait peut-être plus facilement la persuader de nous prévenir si le type entre de nouveau en contact avec elle. On ne lui dira la vérité que plus tard...

— Non, dit Onerva d'une voix tranchante. On ne vaudrait alors pas mieux que ce Torsten. C'est maintenant qu'il faut la mettre au courant. Et de toute façon l'affaire tombe sous le coup d'une inculpation officielle. Tentative de meurtre. Demande-lui de te montrer à toi aussi les traces sur son cou. Cet homme ne plaisantait pas...

— Je me disais seulement que... Bon, O.K.

Ils revinrent dans le bureau. Vuokko s'était poudré les joues ou avait fait quelque chose dans ce genre, car son visage paraissait bien plus serein et son regard plus déterminé que jamais, même si elle ne pouvait empêcher un reflet de tendresse de s'y nicher.

— Vous voulez bien me promettre quelque chose ? commença Harjunpää. Vous promettez de me prévenir si... quand Torsten va vous contacter ? Même si vous allez commencer à me haïr ?

Vuokko le regarda, les yeux écarquillés, exactement comme une mère regarde son enfant quand il vient de dire un gros mot. Décontenancée, elle acquiesça néanmoins.

— Bien. Alors...

Harjunpää prit la photocopie posée sur la table et la tendit à Vuokko. Leurs mains ne s'effleurèrent même pas, mais il eut l'impression de l'avoir giflée si fort et si méchamment qu'il glissa aussitôt sa main dans sa poche et se mit à tripoter ses clés.

7

Calculateur

Torsten Torolf était assis au bord de son lit, la tête entre ses poings serrés. À son corps défendant, il pensait à Vuokko. Il avait même pensé à elle durant la nuit. Une succession de rêves pénibles avait fini par l'arracher au sommeil, le visage moite et la bouche ouverte sur un cri silencieux. C'était irritant, presque comme si un bubon était apparu sur son cerveau, de la même façon qu'un pied est blessé par une chaussure. Et c'était même pire — c'était humiliant. Surtout s'il pensait à ce qu'était Vuokko : elle était tel un pin aperçu quelque part un jour, dont la cime et les branches hautes étaient mortes, vidées de toute sève, et qui n'avait plus d'autre utilité que celle d'être abattu pour fournir du bois et permettre à quelqu'un de se réchauffer les mains. Il savait qu'il ne lui avait pas ôté la vie. Elle n'avait même pas perdu totalement conscience. Il lui avait juste réduit l'arrivée d'air, suffisamment pour la faire tourner de l'œil et tomber par terre, et elle était restée là à geindre jusqu'à ce qu'il parte. Elle était toujours vivante, même en cet instant. Tout le temps. Et il ne pouvait pas s'empêcher de penser à elle. Auparavant, il n'avait jamais repensé à une seule des femmes qu'il avait quittées, pas plus qu'il ne repensait à ses chemises élimées ou à ses chaussettes trouées — dès qu'il les avait mises à la poubelle, elles cessaient d'exister.

Torsten se leva et regarda pendant un moment autour de lui, comme s'il ne comprenait pas où il se trouvait, comme s'il s'attendait à voir surgir quelqu'un devant qui il devait jouer un rôle, mais il aperçut ensuite les flacons de parfum et les boîtes de bijoux empilés contre le mur, les autres bricoles, et surtout les paquets de pain. Il y en avaient des dizaines. Des pains de seigle en tranches, des biscottes, du pain de mie... La pile s'élevait à près d'un demi-mètre — et il se rendit compte qu'il était seul, et chez lui. Un « chez lui » qui n'avait rien à voir avec ce que l'expression désignait habituellement. Il s'agissait d'une base, d'un endroit où il gardait ses vêtements et se changeait, où il s'occupait de ses papiers et se concentrait sur celui qu'il devrait être le soir. C'était la caverne où il pouvait être lui-même, un studio loué dans un immeuble d'un vert écœurant, dressé à l'angle de la route de Häme et de la cinquième rue. La façade était rongée par les vibrations de la chaussée et les gaz d'échappement et l'escalier sentait l'urine des ivrognes de passage.

Torsten se précipita vers la fenêtre, comme s'il

s'attendait à découvrir quelque chose d'important, quelque chose qui l'aurait soulagé — mais tout était comme avant. Par la vitre, on voyait les murs sombres et rugueux et les fenêtres de la courette intérieure ternies par la suie. À l'endroit où la courette donnait sur l'extérieur, on pouvait entrevoir une partie de la route rugissante qui menait à Häme et des bâtiments industriels que l'on était en train de démolir pour faire place à de nouveaux immeubles, mais même cette petite lucarne était sur le point de disparaître. Les blocs de béton du bâtiment que l'on construisait à cet endroit montaient chaque jour plus haut, de façon inquiétante, et Torsten se dit qu'il n'avait pas quitté Vuokko comme il aurait dû le faire. En fait, plus exactement, il ne l'avait pas quittée. Il s'était enfui de chez elle. Et voilà pourquoi elle lui collait à la peau — c'était même pire : elle était à l'intérieur de son corps, comme un éclat de verre tranchant qui allait le déchirer sans répit, si bien que la force et l'assurance s'écouleraient hors de lui, à jamais perdues, et qu'il ne serait plus lui-même mais n'importe lequel de ces hommes qui voyageaient matin et soir dans un bus bondé, redoutant secrètement de perdre l'équilibre et de tomber contre la femme qui se tenait à côté d'eux ou de faire quoi que ce soit qui attire l'attention.

— Nom de Dieu...

Il se retourna vivement et gagna son lit à grands pas. Il s'agissait d'un simple lit en bois, avec juste un matelas et une couverture posée dessus, au diapason avec tout le reste : pas de tapis par terre, juste des piles de vieux journaux — il fallait qu'il se tienne au courant de l'actualité, de ce dont on parlait, de ce qui intéressait les gens — et pas un seul tableau sur les murs, simplement le papier peint sali par les ans. En plus du lit, seuls un bureau et deux chaises complétaient l'ameublement du studio. Mais tout cela n'avait aucune importance — il séjournait dans des hôtels de luxe quand il voulait jouir de la vie, c'est-à-dire la plupart du temps, ou lorsque quelqu'un tenait absolument à lui rendre visite. Il amorça un geste, comme s'il allait se rasseoir sur le lit, puis se ravisa, incapable au bout du compte de tenir en place, et retourna à la fenêtre. Puis il revint encore sur ses pas. Au plus profond de lui couvait la crainte néfaste que Vuokko allait le détruire. À première vue, cela paraissait comique. Mais c'était possible, s'il n'arrivait pas à s'en libérer. Elle l'empêcherait d'être crédible auprès de ses autres femmes et lui ferait commettre de nouvelles erreurs. Avant peu, elle l'amènerait à les haïr toutes. Et le pire était que Vuokko n'était pas seule. Elle traînait Helena dans son sillage.

Torsten s'immobilisa et poussa un grognement. Il lui était presque insupportable de ne pas savoir si Helena avait été retrouvée — les journaux ne faisaient aucune mention de l'affaire — et il ne savait pas si on le recherchait, si quelque chose le menaçait. Ou était-ce seulement son désarroi qui lui donnait cette impression ? Il serra de nouveau les poings et s'obligea à aller vers le bureau. Il farfouilla un bon moment avant de mettre la main sur le bout de papier qu'il cherchait.

« Morte dans un petit moment d'égarement
Dépouillée de son souffle en un si bref instant
Mais trempée comme jamais trempée auparavant
Car baisée enfin par un homme de talent. »

Le poème ne l'amusait plus, pas comme il l'avait amusé au début de la semaine quand il l'avait écrit, quand il s'était imaginé avoir déjà oublié. Il avait alors pensé que ç'aurait été une bonne blague de le faire figurer dans l'avis de décès d'Helena. Mais à cet instant, il se dit que si Helena gisait toujours dans son lit, ses narines et les orbites de ses yeux devaient grouiller de larves de mouches, venues Dieu seul savait d'où.

Les ailes du nez de Torsten frémirent. Il s'agenouilla par terre, lentement, comme s'il avait l'intention de prier, mais sans joindre les mains. En se traînant à genoux, le regard vide, il s'approcha du mur contre lequel étaient entreposés les emballages de parfum. Il posa ses mains sur la pile de paquets de pain. La pile fléchit et les emballages émirent un craquement, comme s'ils lui avaient parlé, comme s'ils l'avaient reconnu. Il resta longtemps dans cette position, quasiment sans bouger, et, très lentement, ses pensées commencèrent à se calmer et à retrouver le cours qui était le leur. Au bout d'un certain temps, les pains l'avaient déjà rasséréné, avec douceur, sans violence. Il avait volé chacun de ces paquets. Il en volait un chaque fois qu'il allait faire des courses. Mais il n'était pas kleptomane, il le savait bien. Il faisait ça pour une tout autre raison. En fait, il y en avait deux. La première, c'était qu'il ne fallait pas perdre la main. Les temps n'étaient pas toujours cléments. Il ne lui était pas toujours possible d'aller manger chez *Motti* ou chez *Torni*, et il ne pouvait pas toujours se permettre d'acheter les petits cadeaux — souvent coûteux — sans lesquels il ne se rendait chez aucune de ses Vuokko. Et en second lieu : le chapardage était presque son unique plaisir — il ne buvait pas et ne fumait pas — bien que la jouissance résidât non pas dans l'acte de dérober un objet mais au moment de passer à la caisse. Il bavardait avec toutes les caissières pour qu'elles apprennent à le connaître et à sourire à ses plaisanteries — il lui arrivait même de leur dire de but en blanc : « Cette fois-ci, je n'ai rien acheté, je suis juste venu carotter un paquet de pain... » Et même dans ces cas-là, elles riaient. Et on touchait là à l'essentiel : elles riaient de se faire arnaquer, d'être nées pour se faire arnaquer, d'avoir le crâne plus petit que le sien.

Torsten changea de position et releva la tête. Maintenant, il était capable de penser à autre chose. Il réalisa de nouveau de façon saisissante qu'il ne faisait de mal à personne. Tout reposait sur le simple fait qu'il n'existait pas un monde unique et commun à tous, mais que chacun vivait en orphelin dans le monde qu'il s'était forgé — donc dans une illusion. Et comme chacun voulait que sa propre illusion soit la plus parfaite — heureuse, disait-on — chacun cherchait avidement une illusion semblable pour fortifier la sienne et pouvoir prétendre encore davantage qu'il s'agissait de la réalité. Et alors, n'était-il pas juste — et, d'un point de vue humaniste, charitable même — de construire à partir de mensonges une illusion qui recouvrirait la sienne ? Évidemment, cette couche disparaissait un jour ou l'autre, mais l'illusion de base prenait fin elle aussi — c'est ce qui était arrivé à Helena, tout bonnement. Torsten se leva en sachant déjà qu'il se rendrait chez Vuokko, quel que fût le prix à payer.

Il se mit à aller et venir entre le lit et la fenêtre, mais sa démarche n'avait plus rien à voir avec celle de tout à l'heure. Il se déplaçait presque à pas de loup, le visage concentré. Pour commencer, il réfléchit à ce que « prix à payer » impliquait. Vuokko était-elle allée raconter à ses parents ce qui s'était passé ? Non. Elle n'avait même pas osé parler de lui auparavant, alors comment l'aurait-elle fait maintenant, sachant qu'elle aurait en même temps été obligée d'avouer s'être trompée, n'être même pas capable de choisir avec discernement ses fréquentations ? Avait-elle porté plainte pour coups et blessures ? Non, encore moins. Faire une déposition aurait

103

signifié détruire en toute connaissance de cause la façade d'une Famille Respectable — on ne battait que les filles faciles issues de milieux défavorisés. Et en plus, cela aurait signifié rendre l'affaire publique, s'exposer volontairement à la honte. Vuokko lui ferait-elle une scène quand il paraîtrait à sa porte ? Torsten ne put s'empêcher de sourire. Il savait que si Vuokko lui faisait une scène, ce serait à peu près comme si une souris rotait. Elle allait pleurer, ça oui, mais seulement après avoir fermé la porte palière. Et cela passerait. Il n'aurait qu'à attendre et à lui caresser la nuque. De toute façon, il fallait qu'il y aille. Pour lui-même. Parce qu'il fallait impérativement que Vuokko cesse de lui lacérer l'esprit, parce qu'il avait besoin d'une véritable épreuve, pour voir et croire de nouveau qu'il était toujours lui-même. Et, inutile de le nier, sous tout cela pointait l'amertume de n'avoir pas eu le temps de tirer le moindre profit de Vuokko. Alors qu'au fond du placard à gauche de sa bibliothèque, elle cachait un coffret capitonné de soie, avec au moins vingt mille marks en bijoux à l'intérieur.

Torsten s'immobilisa et regarda le téléphone, les yeux plissés. Puis il se dirigea brusquement vers le bureau et y prit un agenda à couverture rouge — il était si volumineux qu'on ne risquait pas de le glisser par mégarde dans sa poche ni de l'emporter avec soi involontairement. Il l'ouvrit à la bonne page du premier coup et composa le numéro.

— Banque de l'Union, siège social...

— Pourrais-je parler à mademoiselle Vuokko Haataja, s'il vous plaît ?

— Un instant, je vous prie.

Un craquement se fit entendre lorsque la standardiste établit la liaison, puis la sonnerie retentit et Torsten posa un doigt par avance sur le commutateur pour pouvoir immédiatement couper la communication.

— Lagerstam, bureau de Haataja.

— Excusez-moi, mademoiselle Haataja n'est-elle pas disponible ?

— Non. Elle est malade. Puis-je vous être utile ?

— Non, je vous remercie...

Torsten raccrocha et une ride de contrariété se creusa sur son front. Mais il aboutit rapidement à la conclusion que la maladie de Vuokko devait être plus d'ordre psychique que physique. Il commença à composer un autre numéro, retenant cette fois instinctivement sa respiration.

— Vuokko Haataja...

Torsten coupa la communication et reposa le téléphone en se frottant le menton. La voix de Vuokko suggérait qu'elle avait cessé de pleurer à l'instant même — elle avait pris une inspiration trop rapide, spasmodique, si bien que son « Haataja » avait été plutôt chevrotant. Et elle avait décroché immédiatement. Elle avait attendu l'appel. Torsten ferma les yeux et chassa l'air de ses poumons — les choses se présentaient encore mieux qu'il n'aurait pu l'espérer. Vuokko était chez elle, elle se morfondait, seule entre ses murs déprimants et elle luttait vainement contre la terreur qui s'insinuait en elle. Et elle avait au moins trois bonnes raisons d'être terrifiée : son comportement de la veille, la peur d'avoir perdu définitivement l'homme de sa vie, et le fait d'être enceinte. Enceinte, sans connaître quiconque qu'elle eût pu présenter à ses parents comme étant le sauveur chevaleresque de la situation. Torsten sourit — il savait que Vuokko n'avait pas d'autre possibilité que de l'accueillir. Les bras ouverts, en plus.

Il recula sur sa chaise et ouvrit le tiroir du haut de son bureau. Il était plein à craquer. Il regorgeait pour l'essentiel de papiers de toutes formes. Des blocs entiers immaculés. Mais aussi, en abondance, des formulaires appartenant à différents services administratifs. Diverses fiches, étiquettes, récépissés, tous vierges, si bien que l'on pouvait y inscrire n'importe quel nom et les dévoiler à l'occasion ou les laisser tomber par terre. Dans une boîte en carton sans couvercle se trouvaient des tampons confectionnés avec habileté. Une autre boîte similaire était pleine de stylos variés, et à travers une pochette en plastique transparaissaient quatre cartes d'identité vierges. Leur seul défaut était l'absence de filigrane, mais cela n'avait pas beaucoup d'importance. En général, on n'examinait pas à la lumière les papiers d'un secrétaire spécial d'ambassade ou d'un contrôleur général. Comme papier à lettres, Torsten choisit une feuille unie, d'un gris sobre, et il piocha un stylo muni d'une plume en or, qui écrivait avec une encre violette.

Il n'eut pas à se creuser la tête longtemps — ce n'était pas nécessaire, tout avait déjà germé spontanément en lui, comme toujours lorsqu'il était en forme. Il commença à écrire, de son écriture belle et assurée, mais en prenant bien soin de laisser ses lignes s'affaisser — il avait lu quelque part que cela traduisait un état mélancolique chez leur auteur.

« Mon amour (je sais qu'à Tes yeux je n'ai plus le droit d'employer ce mot — mais il n'y en a aucun autre dans mon cœur qui puisse le remplacer). Ces fleurs ne sont pas là pour Te demander pardon. Elles n'y suffiraient pas. Une seule chose pourrait suffire à cela : le don absolu de ma propre vie. Mais ces fleurs sont un signe : pour Toi, et pour moi aussi en quelque sorte. C'est un étranger, un livreur, qui Te les a apportées. »

Torsten s'arrêta et tapota ses dents avec le stylo. Il ne fallait pas laisser trop de temps à Vuokko, pas suffisamment pour lui permettre de réfléchir — si toutefois elle en était capable — mais juste assez tout de même pour qu'elle puisse faire un peu de ménage chez elle et un brin de toilette.

« Dans une heure, si Tu le permets, Tu recevras chez Toi un autre visiteur. Quelqu'un que Tu connais, cette fois-ci. Mais je veux souligner, mon Amour, que le choix n'appartient qu'à Toi seule,

107

car personne n'a le droit de faire ce choix à Ta place. Si ces fleurs — selon Ta décision légitime et compréhensible — sont suspendues à Ta sonnette, personne ne frappera à Ta porte. Mais même dans ce cas, les choses s'arrangeront, et Tu auras toute Ta vie durant un protecteur invisible qui veillera à ce que ni Toi, ni le petit Torolf, ou la petite Anna-Cécilia ne manquiez jamais de rien.

Si par contre les fleurs ne sont pas là, si elles sont dans Ton vase — alors un arc-en-ciel sera né.

Croyant éternellement en l'arc-en-ciel,

T. »

Il referma le stylo et relut la lettre lentement et avec attention. « Le don absolu de ma propre vie » était efficace — on pouvait le comprendre de deux façons, et les deux étaient du genre à faire battre violemment le cœur de Vuokko. Mais « le petit Torolf » et « la petite Anna-Cecilia » n'étaient pas mal non plus — arrivée à ce passage Vuokko éclaterait en sanglots, si elle ne l'avait pas déjà fait avant.

Torsten jeta un coup d'œil à sa montre. Il était déjà plus d'une heure et demie. Il se leva en songeant qu'il lui fallait se dépêcher, que le plus sensé serait de se préparer d'abord complètement et de ne se rendre qu'ensuite chez le fleuriste, puis de suivre le livreur et de flâner ensuite dans le quartier de la rue de Tehdas le temps que le délai expire. Il gagna d'un pas tranquille la salle de bains exiguë et prit sur la tablette où se trouvaient les brosses à dents un flacon de Baldrian-Dispert qu'il glissa dans la poche de son costume gris accroché dans l'entrée. On pouvait acheter ces pilules en Suède sans ordonnance. Elles contenaient de la valériane, et d'aucuns prétendaient qu'elles avaient un léger effet tranquillisant. Il se débarrassa de ses vêtements en un tournemain, mais quelque chose lui revint soudain en tête et, au lieu d'aller prendre une douche, il retourna dans la chambre et s'agenouilla à côté du lit.

— Vuokko mon amour...

Il écouta attentivement ses paroles, mais il n'en était pas satisfait — elles ne traduisaient pas suffisamment d'émotion, elles ne venaient pas d'assez loin. Il s'empara de la couverture et en fit un balluchon qu'il pressa contre son visage. Il respira à petits coups pendant un moment, la bouche entrouverte, et commença à sentir l'odeur de Vuokko et la chaleur de sa peau.

— Vuokko... Je sais que les explications ne changeront rien. Malgré tout, tu as le droit de savoir. Il est de mon devoir de te raconter... Cette chose se transmet dans la famille de mon père de génération en génération, depuis l'époque où le premier Wahlman est arrivé en Finlande en tant que mandataire de Gustave Ier Vasa... Les joies excessives peuvent déclencher chez certains d'entre nous une crise qui s'apparente à un accès de folie.

Cette fois, tout fonctionnait à la perfection. Sa voix était tourmentée comme si des langues de feu tentaient d'atteindre son âme et, pour couronner le tout, il sentait que les larmes n'étaient pas loin, qu'il arriverait à les faire couler.

— Je ne savais pas que j'en étais atteint. Mais ce matin, je suis allé voir un médecin. Il m'a prescrit des médicaments pour que cela ne se reproduise jamais plus...

Torsten se leva en essuyant sa joue. Il savait que Vuokko pourrait prendre peur — les problèmes qui touchaient à la santé mentale faisaient toujours peur aux gens — mais avant tout, l'explication l'apaiserait, ne serait-ce que parce que le mal était presque d'origine royale. Et en tout cas, cela lui donnerait une raison valable de le dorloter.

8

L'appel téléphonique

— Non, dit Johanna Filpus dans un souffle, et
le portrait fut remplacé par un autre. Elle dit non,
encore et encore, et à part ses murmures, on
n'entendait que le claquement du projecteur de
diapositives qui passait à la vue suivante et le cliquetis du panier qui arrivait en bout de course.
Et ensuite, il n'y eut plus sur l'écran qu'une
grande tache de lumière. Harjunpää changea de
position, mal à l'aise. Il venait d'avoir brutalement l'intuition qu'il n'y aurait jamais autre
chose.

Ruonala, de l'Identité Judiciaire, fit claquer
l'interrupteur et les néons s'allumèrent en trem-
blotant. Il retira le panier avec des gestes rapides
et exercés, se dirigea vers son étagère à photos et,
une fois là-bas, poussa un soupir éloquent.

— Tous ceux-là n'appartiennent vraiment pas
à la bonne catégorie, dit Filpus comme pour s'ex-
cuser, et Harjunpää se dit que sa voix était har-
monieuse, agréable à entendre, et qu'il y avait
une harmonie semblable, de l'élégance, dans

toute sa personne, c'est pourquoi il lui semblait étrange que Torsten — Torolf dans le cas actuel — l'eût quittée. Filpus était une des femmes qui avaient porté plainte à la Brigade Financière — Torolf avait empoché toutes ses économies, neuf mille quatre cents marks, en guise d'acompte pour une nouvelle BMW.

— Je n'ai pas bien compris — dans quelle mesure ce n'est pas la bonne catégorie ?

— Ceux-là sont visiblement des truands. Mais lui, c'était un gentleman. Jusqu'au bout des ongles. Et cela ne reposait pas uniquement sur son allure. Cela se dégageait du plus profond de sa personne, si bien que...

Filpus agita ses mains, comme si elle n'était pas capable d'exprimer avec des mots ce qu'elle voulait dire. Et alors que bien des gens auraient été gênés de se trouver dans une telle situation, honteux d'avoir été abusés, Filpus réussit à faire monter sur son visage un petit sourire amusé quand elle parvint finalement à s'expliquer.

— Si bien qu'en sa compagnie, on se sentait soi-même quelqu'un. Si bien que c'est moi qui ai carrément insisté pour qu'il prenne mon argent — il ne me l'a pas demandé. Il était... il était tout simplement un homme. Un homme comme on croit qu'il n'en existe pas. Ce qui est apparemment le cas, d'ailleurs.

— On essaie encore ? demanda Ruonala, même si on a déjà passé en revue tous les mecs qui font sa taille. Le panier de tout à l'heure, c'était déjà celui des « un mètre quatre-vingts »...

Harjunpää regarda Filpus dans les yeux et comprit qu'elle jugeait inutile de continuer, compte tenu de ce qu'on lui avait montré jusqu'à présent.

— Non. Ça suffit. Merci beaucoup...

Ils pénétrèrent dans le grand hall du rez-de-chaussée de l'hôtel de Police. L'après-midi qui apparaissait derrière les portes vitrées était aussi gris et maussade que le hall, comme si rien ne les séparait.

— À aucun moment, vous n'avez eu des doutes à son sujet ? demanda Harjunpää. Avant ça. N'y avait-il rien en lui qui...

— Non. Tout collait si parfaitement. La seule remarque que je me suis faite un jour sur son comportement, c'est qu'il lui manquait cette espèce de raideur caractéristique des fonctionnaires, ce côté tatillon. Mais je n'arrivais évidemment pas à voir ça comme un défaut... Je me disais que les hommes de la Surveillance du Territoire ne pouvaient peut-être pas se permettre d'avoir l'air coincé, à cause de leur travail du moins. Je l'ai même accompagné une fois à son bureau.

— Rue Rata ?

— Oui. On avait eu une panne d'oreiller et on a pris un taxi ensemble. Torolf est descendu rue Rata. Et je l'ai vraiment vu entrer par la porte où était marqué Direction de la Surveillance du Territoire. Un autre homme lui tenait d'ailleurs la porte poliment... Il n'y a que plus tard, quand la vérité à commencé à se faire jour, que j'ai compris qu'il avait évidemment attendu dans l'entrée le temps que le taxi reparte.

Les yeux de Harjunpää se plissèrent. Il était obligé de reconnaître qu'il admirait ou qu'il saluait malgré tout Torsten-Torolf, ou plutôt son ingéniosité, sa capacité à se tirer d'affaire et à mettre à profit n'importe quelle situation. Et en même temps, il comprit encore plus nettement qu'auparavant que cet homme ne serait pas un client facile, en admettant qu'il soit un jour assis en face de lui.

— Vous savez, commença-t-il, avec une autre femme, il se trouvait à l'Opéra, lors d'une représentation de *La Flûte Enchantée*. Cette fois, il était un fonctionnaire du ministère des Affaires Étrangères. Dans le public se trouvait par hasard le président de l'Assemblée Nationale et, pendant l'entracte notre homme s'est excusé auprès de sa compagne et est allé saluer le président, puis il a bavardé un instant avec lui...

— Et le président, en bon homme politique, n'a évidemment pas montré qu'il ne connaissait pas Torolf ?

— Je ne vois pas d'autre explication. Mais je voulais encore vous demander comment, et où, vous vous êtes rencontrés. Dans un bar ?

— Non, dit Filpus avec un petit rire. Dans la rue, à Lauttasaari. Je descendais du bus, les bras chargés — j'avais au moins trois sacs en plastique,

dont un rempli d'oranges. Et, bien sûr, c'est justement celui-là qui s'est accroché quelque part et
qui s'est déchiré. Les oranges ont roulé partout
dans la rue. J'étais si agacée et si gênée que j'étais
prête à les laisser là. Mais à ce moment, le bus
s'est arrêté de nouveau et un homme en est descendu. Il m'a pris délicatement le coude et il m'a
dit « Excusez-moi madame, puis-je me permettre
de vous aider ? » Et je le lui ai permis.

— Et voilà, soupira Harjunpää, sans même essayer de cacher sa déception. Torsten avait rencontré toutes ses victimes de façon aussi fortuite,
mais Harjunpää avait espéré quelque chose malgré tout, un point de départ, un lieu où se rendre
pour poser des questions et peut-être même se
mettre en planque.

— Si par hasard...

— Je vous appellerai, évidemment. Mais ne
vous faites pas d'illusion. Ça fait déjà six mois que
j'ouvre l'œil dès que j'aperçois un homme assez
distingué...

— O.K. Je vous remercie.

Harjunpää suivit Filpus du regard jusqu'à ce
qu'elle atteigne les portes vitrées de la sortie, et
au moment où elle tourna la tête sur le côté, il
remarqua que son expression avait changé,
qu'elle était devenue renfermée, presque mélancolique, et il ne prit conscience qu'à cet instant
des efforts qu'elle avait déployés et de la maîtrise
de soi dont elle avait dû faire preuve pour faire
bonne figure. Il se demanda pendant un instant si

Filpus se laisserait encore aller à ressentir quoi que ce soit si elle rencontrait un autre homme — puis il se racla la gorge, fit demi-tour et ouvrit d'un geste vif la porte de l'ascenseur.

Dans le couloir du troisième étage, Harjunpää tomba sur Onerva qui se hâtait au pas de course, sa jupe froufroutant autour d'elle. Elle venait du Laboratoire et tenait dans ses mains une pochette en plastique qui contenait un chèque barbouillé de poudre à empreintes. Le dernier chèque qu'Helena avait fait avant de mourir.

— Peine perdue, dit Onerva. Il y a tellement d'empreintes superposées dessus qu'on ne peut en identifier aucune. Mais au moins on aura essayé.

— Il fallait s'y attendre. Et cette employée de banque ?

— Bingo a réussi à la joindre mais...

— Veksi.

Dans les yeux d'Onerva passa une étrange lueur, de la rudesse peut-être, mais elle disparut si rapidement que Harjunpää n'eut pas le temps de la décrypter.

— O.K., Veksi alors, se reprit-elle. Elle a décrit le type de la même manière que toutes les autres l'ont fait — ordinaire, propre. Elle avait vérifié sa carte d'identité, et il y était inscrit Torolf Anders Backman, le même nom qu'il avait marqué sur le chèque. Bingo a aussi pris contact avec la division des *modus operandi*, mais ils n'avaient aucune personne *ad hoc* à présenter. Ils ont quand même essayé d'en proposer deux, Lauri-Souliers-Vernis et Paavo Martikainen.

— La Filpus n'a eu aucune réaction en voyant leur photo. Et il me semble bien que Tero Kallio était d'avis qu'ils n'avaient pas le profil. Eux, ils dépouillent leur victime deux ou trois jours après avoir lié connaissance et disparaissent aussitôt.

— Oui. Et en plus, Martikainen est au trou. Mais je suis persuadée qu'on doit retrouver la trace de ce type quelque part. Il a forcément un passé. Je suis de plus en plus fermement convaincue qu'on aurait intérêt à prendre contact avec la police suédoise. Et même avec le Danemark et la Norvège. Il a peut-être séjourné longtemps dans un autre pays, ce qui expliquerait qu'il ne soit pas connu chez nous. D'autres détails le laisseraient d'ailleurs penser...

Ils étaient en train de grimper au petit trot l'escalier en colimaçon qui menait au quatrième étage, Onerva en tête, et Harjunpää se dit qu'elle avait de jolies jambes, presque comme les mannequins des publicités pour collants — et ensuite il se rendit compte qu'il avait fallu que Bingo l'évoque à haute voix en y mêlant ses propres fantasmes pour qu'il le remarque.

— Bon sang...

— Quoi ?

— Je... Rien du tout. Si, quand même : je viens de trouver où prendre les empreintes digitales de Torsten ! Sur l'emballage du parfum qu'il a offert à Vuokko. Nom d'un chien, et dire qu'on n'en a pas eu l'idée dès ce matin !

— À condition qu'elle ne l'ait pas déjà jeté ! Mais on pourrait demander à Thurman de badigeonner l'appartement. Il a forcément mis ses mains quelque part.

— Et il faudra garder contact avec les gars de la Brigade Financière. Histoire de ne pas faire le travail en double.

— Rien à craindre, s'esclaffa Onerva un peu sèchement. Tous ces dossiers étaient dans le classeur des vaines recherches. Ils ont sur les bras cette affaire de l'entreprise de construction, et il y a des millions en jeu derrière tout ça. Alors à côté, ça ne pèse pas lourd, ces vieilles filles qui...

Onerva se tut et s'immobilisa sur le seuil comme si elle venait de buter contre un obstacle. Harjunpää s'arrêta derrière elle.

Bingo se tenait debout devant la table. Il venait de décrocher le téléphone pour répondre à un appel — il tenait le combiné au niveau de sa poitrine, couvrant le microphone de l'autre main. D'autres personnes se trouvaient également dans le bureau. Harjunpää reconnut Nevaranta, le chef du personnel, assis sur une chaise. Il flaira les ennuis aussi nettement que si on avait annoncé leur arrivée imminente à coups de trompette. Il se fraya un passage à côté d'Onerva et entra dans le bureau. Près de Nevaranta se tenait le commissaire Haglund, un homme au ventre rebondi et à la respiration pesante, le patron de la Division

118

Administrative. Et la troisième personne debout devant la fenêtre, le dos tourné, ne pouvait être que le directeur de la Police Judiciaire, Tanttu.

Harjunpää se sentit de plus en plus décontenancé. De façon inexplicable, il avait l'impression d'avoir été pris en flagrant délit.

— Bonjour, dit-il. Ce mot lui parut stupide, et personne n'y répondit, pas de façon audible du moins. Et soudain il fut persuadé que c'était après Bingo qu'ils en avaient. Il jeta un nouveau coup d'œil vers celui-ci. Bingo était en proie à une vive agitation. Il se balançait sans arrêt d'un pied sur l'autre et mâchait un chewing-gum ou une pastille ou quelque chose d'autre. La sueur perlait sur son visage et le faisait briller comme un miroir, au point qu'il attirait le regard depuis la porte.

— C'est pour toi, réussit à articuler Bingo. Il regarda Harjunpää. Je crois que c'est la mère de tes enfants...

Harjunpää désigna la table du menton et Bingo dit dans le combiné « un instant », puis il posa celui-ci à côté du porte-crayon et regarda de nouveau Harjunpää. À présent, il y avait dans les yeux de Bingo quelque chose qui fit comprendre à Harjunpää que celui-ci ne savait pas non plus exactement de quoi il retournait.

— Il s'agit juste d'une vérification de routine, dit Haglund, et l'air s'échappa de sa gorge en sifflant. Vous n'êtes sans doute pas sans savoir que nous avons reçu de la part de la direction des instructions nous recommandant de surveiller plus attentivement l'utilisation du temps de travail...

— Dans cette division, vous cumulez en quantité considérable les heures supplémentaires, dit Nevaranta d'une voix suave comme s'il venait de percer à jour un secret, et il regarda Harjunpää de telle façon que celui-ci ne sut pas s'il s'agissait d'une simple constatation ou d'une question. Mais il s'aperçut alors que les documents posés devant Nevaranta n'étaient rien d'autre que les listes de leurs heures de présence. Et Nevaranta tenait à la main une calculatrice de poche dont il pressait les touches avec la pointe d'un stylo à bille.

— On n'a pas pu faire autrement. On avait déjà un homicide sur les bras, et maintenant un deuxième... Un homicide présumé, en fait. Et d'autres affaires sont encore en cours.

— On est à peine à la moitié de la tranche de trois semaines, mais vous totalisez déjà près de cent quarante heures. La limite des heures en période de surcharge est fixée à cent cinquante-six. Vous le savez, non ?

— O.K., marmonna Harjunpää, ne trouvant rien d'autre à répondre. Mais il croyait nettement se rappeler que Norri avait dit ce matin qu'il avait fait partir les demandes d'heures supplémentaires exceptionnelles — de ce côté-là, tout était donc en règle. Maintenant, il commençait à se sentir contrarié, plus même, irrité — il lui semblait qu'on s'ingéniait à leur mettre des bâtons dans les roues, mais il se garda de faire part de son opinion : la police était une organisation qui avait à sa tête un directeur, et les policiers étaient des subordonnés obéissants, à tel point que les représentants syndicaux ajustaient leur discours lors des réunions pour qu'en face, même par hasard, on n'ait pas de raison de taper du poing sur la table.

— Quelle est la nature de ces affaires en cours ? demanda Nevaranta d'une voix radoucie. Harjunpää entrouvrit la bouche, puis se ravisa. Il se dirigea vers sa table et ouvrit les trois tiroirs du haut.

— Voilà...

— Je vous ai demandé quelle était leur nature...

Harjunpää posa la pile sur la table. Le dossier du haut contenait les documents concernant Helena et Vuokko.

— C'est celle-là qui nous donne en ce moment le plus de fil à retordre... Ces trois-là sont des suicides. Celle-là est une affaire dans laquelle l'homme a d'abord poignardé sa concubine avant de se suicider en mettant sa tête dans un four à gaz. Celle-là, c'est une agression caractérisée commise avec un tisonnier — la victime a perdu les deux yeux.

Harjunpää se tut. Il était sur le point de se sentir mal, comme la nuit quand il se réveillait et n'arrivait plus à retrouver le sommeil. Toutes ces affaires étaient en suspens. Pour l'une, il manquait l'audition d'un témoin, pour une autre, le coupable, pour une troisième, un rapport. Chaque dossier était incomplet. Mais il lui avait manqué le temps. Et la force suffisante.

— Et celle-ci, ce soi-disant homicide présumé ?

Il sembla à Harjunpää que Nevaranta et Haglund s'étaient regardés à la dérobée et que Tanttu avait toussoté légèrement, mais au lieu de commencer à donner des détails sur l'affaire, il saisit le combiné posé sur la table et y laissa tomber tout son agacement : « Alors ? ».

Puis il prit une profonde inspiration et agita la main comme pour ordonner aux autres de se taire, alors que personne n'avait rien dit.

— Il n'a donc pas appelé. O.K. Et elles sont arrivées quand ? Entendu.

Il jeta un coup d'œil à sa montre, soudain énervé.

— On va venir immédiatement, dit-il. Mais si on n'arrive pas à temps, faites-le entrer et essayez de vous comporter le plus naturellement possible... Nous sonnerons à la porte. Ou ce serait encore mieux si vous pouviez discrètement laisser la porte entrouverte — pour plus de précautions.

Il raccrocha en hâte et se demanda pendant un bref instant ce qu'il avait voulu dire par ses derniers mots, sentit une crispation nerveuse parcourir ses mâchoires et lâcha presque en hurlant :

— C'était Vuokko ! Elle a reçu des fleurs de la part de Torsten, et une lettre où il lui annonce qu'il va venir la voir — dans une heure !

Il consulta sa montre. Il était trois heures moins cinq.

— Mais la malheureuse s'est demandé pendant presque une demi-heure si elle allait nous téléphoner ou pas... Appelle-nous une voiture, Bingo !

Harjunpää referma les tiroirs d'un coup sec, se baissa, rouvrit violemment celui du bas et s'empara de l'étui noir qui contenait son revolver. Bingo fit grésiller le cadran du téléphone. Onerva courait déjà dans le couloir. L'écho multipliait le cliquetis de ses talons comme si des pierres roulaient le long du couloir. Harjunpää se redressa d'un bond, contourna la table, franchit la porte et s'élança au pas de course tout en essayant de glisser sous sa ceinture la boucle de fixation de l'étui.

— Harjunpää !

Bingo apparut sur ses talons. Harjunpää ne s'arrêta pas pour l'attendre et ouvrit à la volée la porte qui menait à l'escalier en colimaçon.

— On est en cinquième position, dit Bingo hors d'haleine. — Dans la file d'attente pour la voiture, je veux dire.

9

La souricière

— Quand il n'y en a pas, il n'y en a pas, dit Tuhkanen, le brigadier-chef chargé de l'attribution des véhicules de la police judiciaire, un homme au visage souriant par tempérament et en dépit de sa fonction. Mais en cet instant, le sourire avait disparu du coin de ses yeux et Harjunpää comprit que Tuhkanen ne plaisantait pas et qu'il était sur le point d'ajouter : « Inutile de cracher votre bile sur moi, ce n'est pas ça qui me changera en voiture »... Mais Tuhkanen se contenta de s'emparer de l'interphone en leur demandant :

— Je suppose que n'importe quel carrosse vous conviendra ?

— Oui, oui, oui...

— Central, table huit vous écoute ! Un instant !

C'était Hietanen, Boule de Feu. On ne pouvait pas s'y tromper. Ils l'entendirent ensuite beugler sur la fréquence de Police Secours : « Mais s'il n'y a pas de panneau d'interdiction de stationner, il a

124

le droit d'être sous votre fenêtre, même si c'est une grosse benne à ordures... »

— Nom de nom...

Harjunpää se redressa. Ses paumes laissèrent une tache humide sur le plateau de la table. Une veine palpita sur son cou, comme une pièce du mécanisme d'une montre. Ses pensées rebondissaient au même rythme contre les parois de son crâne. Et derrière elles se cachait une sorte de furie presque aveugle — il ne savait pas exactement contre qui ou quoi elle était dirigée, mais la raison lui disait qu'il était obligé de la contenir. Il se retourna avec des mouvements d'automate. Onerva était assise, immobile, sur une chaise à côté de la porte — son visage était pâle comme celui d'une malade, et quand elle vit le regard de Harjunpää, elle essaya de sourire, mais son sourire était tronqué, pauvre comme celui de la fille aînée de Harjunpää quand celle-ci avait retrouvé dans le fossé la luge qu'on lui avait volée, les patins complètement tordus.

— Timo, souffla Onerva. Comme nous n'avons pas cru sérieusement que Torsten allait revenir, nous n'avons pas non plus envisagé qu'il pourrait ne pas venir forcément muni de bonnes intentions.

— Je sais ! Je sais...

— Je vous dis que la police ne peut pas se mêler de ça, entendit-on Boule de Feu vociférer dans l'interphone. Du couloir, hors du bureau de Tuhkanen, provenaient un martèlement de chaus-

sures et une succession de consonnes sifflantes
tandis que Bingo allait et venait à grands pas en
déversant un flot ininterrompu de « SSSSalope-
rie ! »

— Alors, qu'est-ce qu'il y a ? tonna Boule de
Feu.

— C'est Tuhkanen ! On a besoin d'un véhicule
pour la rue de Tehdas, et ça urge ! Demande si
une de nos patrouilles nous entend ou s'il y a
quelqu'un en route pour la maison.

— Central appelle sur la quatre, transmit
Boule de Feu. Est-ce qu'il y a une patrouille ou
d'autres véhicules de la P.J. qui rentrent à Pasila ?
Une urgence...

La radio demeura muette. Boule de Feu dit
dans l'interphone :

— Personne ne répond. Pourquoi est-ce que
vous avez le feu au cul, là-bas ?

— C'est Harjunpää et les autres qui pètent des
flammes. Ils ont monté une souricière pour coin-
cer un suspect dans une affaire d'homicide et il
ne leur reste plus qu'une vingtaine de minutes...

— Je vais mettre notre patrouille sur le coup...
Et merde, non, je ne peux pas ! Ils viennent de
sortir de leur véhicule route de Porslahti. Est-ce
que j'envoie une patrouille de Police Secours ?

Harjunpää s'approcha vivement de l'Interphone.

— Non, ne fais pas ça ! dit-il précipitamment.
Notre type est sûrement en train de faire le guet
quelque part dans les environs et il va prendre ses

126

jambes à son cou s'il les voit. Ou alors, envoie quand même quelqu'un dans cette direction pour parer au pire. Et bonté divine, demande encore s'il n'y a personne qui rentre...

Harjunpää pinça la base de son nez entre son pouce et son index si fort que son cerveau s'embrasa et qu'il n'entendit pas ce que Boule de Feu disait, ni si quelqu'un lui répondait — de façon irréelle, il eut la sensation de se retrouver plongé dans ce cauchemar où l'on amenait Elisa vers le fourgon mortuaire ; il la savait vivante mais n'arrivait pas à arrêter les porteurs parce qu'à chacune de ses tentatives, quelqu'un lui barrait le passage et lui ordonnait d'apposer sa signature sur un cadavre étendu par terre, pieds et poings liés. Il frémit et s'ébroua pour se libérer, comprenant soudain qu'il ne s'agissait pas seulement d'arrêter Torsten, mais qu'on le mettait à l'épreuve d'une certaine façon, qu'il avait quelque chose à démontrer.

— Alors, qu'est-ce que je réponds ? demanda Tuhkanen.

— Quoi ?

— La huit-trois-deux est sur le pont de Kulosaari, mais ils avaient prévu d'aller refaire le plein à Suvilahti. Ils demandent s'ils peuvent y aller ou s'il faut qu'ils laissent tomber. Il doit leur rester encore un peu de carburant...

— Dis-leur de venir tout de suite. Et qu'ils montent au gyro !

À l'autre bout de la ligne, Boule de Feu entendit les mots et les répéta à la radio. Quelqu'un à bord de la voiture répondit après une légère hésitation :

— O.K. pour nous. Mais ils n'ont qu'à s'en prendre à eux-mêmes s'ils restent en rade — le témoin de la jauge n'est pas encore allumé en permanence, mais il clignote...

Onerva poussa un soupir et se leva. Harjunpää se dirigea à son tour vers la porte, mais il s'arrêta quand il sentit que Tuhkanen le suivait.

— C'est comme ça tous les jours, dit Tuhkanen avec une amertume surprenante. Vingt véhicules, moins cinq en moyenne à l'atelier. Quatre-vingt-dix utilisateurs par jour pour ceux qui restent. Mais ça fait une paye que j'ai décidé que je n'allais pas attraper d'infarctus à cause de ça. Et vous auriez peut-être intérêt à en prendre de la graine... Je veux dire, à qui ça profite qu'un meurtrier soit arrêté ou pas ? Même si vous le serrez, vous n'aurez pas d'augmentation ni d'avancement, pas même un mot de remerciement dans cette maison.

— O.K. Mais de toute manière, on ne peut pas...

— Et voilà. Et ils le savent, et toute la boutique tourne grâce à ça... Et pourtant nous croyons que nous avons de la valeur et que nous faisons du sacré bon boulot. Mais nous ne sommes qu'un mal nécessaire pour la société — il faut que la populace se sente en sécurité.

— Oui...

128

— Mais écoute, si nous étions ce que nous croyons être, alors il y aurait des véhicules ici, et bien d'autres choses ne seraient pas pareilles. Mais on dépasserait alors nos objectifs — il n'y aurait plus assez de tribunaux, ni de taules. Et les gens ne souscriraient plus de contrats d'assurances. Aujourd'hui, il paraît qu'ils sont sur le point de supprimer un service de la P.J., sous couvert de je ne sais quelle réforme administrative, parce qu'ils ont commis l'erreur d'être trop efficaces dans des affaires qui mettaient en cause des gérants de sociétés.

La sonnerie du téléphone de Tuhkanen retentit. Harjunpää grommela un semblant de merci et se hâta de rejoindre les autres dehors. L'air était d'un froid mordant, comme il l'était toujours l'hiver à Helsinki. Harjunpää se rendit compte qu'il n'avait même pas eu le temps de prendre son manteau et il commença aussitôt à grelotter, et lorsqu'il eut calculé mentalement qu'il allait encore s'écouler au moins cinq minutes avant l'arrivée de la voiture, quelque chose se mit à frissonner en lui également.

— C'est à cause de moi qu'ils étaient là, dit Bingo à brûle-pourpoint, et sa voix se brisa.

— Qui ça ?

— Tu sais bien. Tanttu et les autres directeurs...

Bingo tremblait encore plus que Harjunpää, même s'il s'était arrangé pour enfiler un bonnet sur sa tête. Ses yeux étaient inhabituellement agi-

129

tés et brillants, et on aurait pu le soupçonner de s'être également arrangé pour siffler un verre.

— Tu parles, maugréa Harjunpää, mais il aurait voulu s'abstenir de parler, ou même de lever les yeux sur quelqu'un — il avait l'impression que les mots divisaient le temps en parcelles qui permettaient de mesurer avec quelle lenteur angoissante celui-ci s'écoulait d'un côté et avec quelle rapidité effrayante de l'autre. Je te ferai remarquer qu'on a reçu avant Noël une circulaire à propos de ces histoires de temps de travail...

— Circulaire de mon cul. Ils veulent ma peau... Nevaranta a même prétendu que dans ma liste, tous les codes étaient de la merde, qu'au lieu de cinq-deux-zéro-zéro-tiret-neuf il y avait cinq-deux-neuf-zéro-tiret-six, ce qui correspond à une saloperie de boulot de sous-brigadier que je n'ai jamais fait...

— Je suis sûr que non. C'est moi qui l'ai remplie.

— Je sais bien. Mais c'est moi qu'on accuse...

— Ne sois pas ridicule, bon sang ! ne put se retenir de crier Harjunpää — mais quelque chose le tiraillait trop violemment depuis un bon moment, et il serra les poings.

— C'est bien le moment de vous disputer à ce sujet ! les rabroua Onerva. C'est à cause de la division de Saira, des Incendies, qu'ils sont venus nous chercher des poux dans la tête. Chez Saira, ils ont eu les trois gros incendies de novembre en l'espace d'une semaine, ce restaurant et les deux

130

greniers à Kallio, et comme ils n'étaient que trois pour toute la division, ils ont bossé nuit et jour avant de réussir à mettre la main sur l'incendiaire... Et Saira a touché sur cette période un si gros paquet d'indemnités que ça a dépassé le montant de sa paie normale.

Venant du centre-ville, l'ululement d'une sirène commença à se faire entendre, faiblement d'abord, mais enflant rapidement tandis que la voiture approchait des abords de la rue de Pasila, et quand la Lada déboucha soudain derrière l'angle du Palais de Justice, le hurlement devint un déchirement de métal, donnant l'impression de faire vibrer l'air.

— Holopainen savait que Toivio, de l'I.G.S., avait évoqué la question à la réunion directoriale, cria Onerva. Là où se retrouvent tous les patrons des divisions... Et apparemment ils sont arrivés à la conclusion qu'un inspecteur ne pouvait pas gagner autant juste avec son travail...

La Lada contourna l'hôtel de Police et apparut du côté de la poterne de Lea. Sa sirène ne mugissait plus mais le gyrophare sur le toit continuait à jeter des flammes et teintait d'une lueur bleue le jour déclinant. Kivelä, de la Répression des Fraudes, était au volant. Il vira brusquement, pila à ras du trottoir et jaillit de la voiture alors que celle-ci tanguait encore.

— Je vous la laisse ! lâcha-t-il. Heureusement qu'il y en aura deux pour pousser !

— C'est moi qui conduis ! s'écria Onerva, et

131

elle remua les lèvres comme si elle ajoutait : « ... sinon au premier carrefour on se retrouve sous le tramway... ».

Harjunpää ne protesta pas. Il se jeta sur le siège avant, à côté d'Onerva, fouilla à tâtons sous le tableau de bord, trouva l'interrupteur et tira dessus.

— Tit... Tii-Taa ! retentit sous le capot. Le bruit rebondissait contre les murs et on aurait cru une suite de sanglots affolés. Un peu plus loin, un groupe de pigeons s'égailla et la Lada démarra en trombe avant que Bingo, affalé sur la banquette arrière, eût réussi à fermer complètement sa portière.

Sur la voie centrale de la route de Mannerheim, Onerva donna un brusque coup de volant et s'engagea sur les rails du tramway. Leur vitesse s'accrut. Mais le stratagème n'était pas sans danger — aux arrêts de tramway, les gens surveillaient la chaussée. Ils ne s'attendaient pas à ce qu'une voiture puisse surgir du côté où ne venait généralement que le tramway. Ils risquaient de s'élancer sans prévenir juste devant eux, sous leurs roues. Harjunpää se cramponna plus fermement à la boîte à gants, pressa son pied contre le tapis de sol comme s'il avait voulu rétrograder et freiner, et ne put s'empêcher de dire :

— Fais attention aux arrêts de tram ! Les gens...

— On sait...

Ils dépassèrent le Palais des Sports, puis le Musée National. L'ululement dégageait les carrefours devant eux, faisant freiner ceux qui avaient le feu vert dans les rues transversales et bondir les piétons à l'abri des trottoirs. Harjunpää retenait son souffle, se rappelant juste par moments d'avaler une bouffée d'air. Il ne jetait plus de coups d'œil furtifs au tableau de bord. Il n'osait pas — il lui semblait que le petit témoin rouge de la jauge du réservoir était désormais allumé sans discontinuer et ne s'éteignait que lorsque Onerva freinait ou accélérait. Son bon sens lui disait qu'ils auraient forcément assez d'essence, même pour le retour. Malgré tout, il se représentait sans cesse comment, au plus tard dans la montée d'Erottaja, la voiture allait brusquement ralentir puis s'immobiliser. Onerva essaierait de faire redémarrer le moteur, encore et encore, toujours en vain, et la sirène continuerait de hurler et le gyrophare de tourner et les gens s'arrêteraient, et sur leurs lèvres monterait de biais un sourire narquois, et le temps qui leur était compté s'égrènerait jusqu'à ce qu'ils n'en aient plus.

— Il est vingt-trois ! s'écria Bingo. On n'est pas arrivé à temps.

— Ta gueule !

Bingo s'avança et tendit ses bras entre les sièges d'Onerva et de Harjunpää, tapotant le verre de sa montre.

— Non, je vous disais qu'on n'est pas arrivé à temps ! Il est trop tard !

— Et moi je te disais de fermer ta gueule !

— Taisez-vous tous les deux ! C'est déjà pas...

— D'accord, je me tais. Mais là-bas, la nana est déjà en train d'en prendre plein le cul avec son Torsten, ou quel que soit son nom. Aujourd'hui, c'est à elle d'en profiter.

Harjunpää eut un sursaut de colère — la voix de Bingo avait de nouveau ce ton graveleux qu'il ne supportait pas. Mais finalement, il garda pour lui ce qu'il avait eu l'intention de dire : tout à coup, il fut frappé par la certitude nette et claire qu'il avait pris la mauvaise décision, qu'il avait endossé une responsabilité complètement folle, qu'il aurait dû demander à Boule de Feu d'envoyer sur place n'importe quelle patrouille, et que la sécurité de Vuokko était infiniment plus importante que l'arrestation d'un éventuel meurtrier aujourd'hui.

— Mon Dieu...

Il porta la main sur son estomac comme s'il allait avoir mal au cœur.

La Lada grimpa la montée d'Erottaja et contourna le square triangulaire de Kolmikulma en dérapage arrière. Au niveau de l'église de Johannes, Harjunpää repoussa l'interrupteur, les doigts gourds. La sirène se tut au beau milieu d'un hurlement et ils eurent l'impression d'avoir atterri, d'être revenus sur Terre, entourés de bruits familiers. Harjunpää tourna la manivelle pour ouvrir complètement sa fenêtre et glissa sa main dehors, dans la bise. Il chercha à tâtons sur le toit, tomba sur le gyrophare et le détacha pour le ranger. À présent, ils descendaient déjà à toute vitesse la rue de Korkeavuori et se rapprochaient de la rue du Kapteeni. Un peu avant d'arriver dans la rue de Tehdas, Harjunpää jeta :

— Là-bas, à l'arrêt de bus. On fera le reste à pied. Si ça se trouve, il a les foies et il fait encore le guet dans la rue. C'est la maison tout de suite après celle de l'angle...

Avec une secousse, Onerva engagea la voiture à cheval sur le trottoir ; ils en jaillirent et claquèrent les portières.

— Dites-vous bien qu'il ne sera peut-être pas habillé comme il en a l'habitude, dit Harjunpää. Il commença à remonter la rue. Ses semelles glissaient à chaque pas. Les réverbères s'allumèrent et transformèrent l'après-midi en soirée. L'air sentait le gaz d'échappement d'un embouteillage naissant, mais aussi la mer toute proche et ses glaces. Arrivé à l'angle, Harjunpää ralentit son allure et essaya de jauger les passants en quelques rapides coups d'œil. Il y avait beaucoup de monde, aussi bien des gens qui rentraient chez eux que d'autres qui faisaient des emplettes. Même l'arrêt du tramway était peuplé. Des hommes et des femmes. Une bonne dizaine. Mais Harjunpää ne trouva pas celui qu'il cherchait. Pas même quelqu'un sur qui il aurait pu avoir un doute. Ils traversèrent la chaussée sans tarder davantage.

La façade de la résidence où habitait Vuokko était rouge brique. En haut était inscrit le nom :

Le Chêne. Seules les portes des escaliers A et B donnaient sur la rue. Vuokko habitait escalier C, au premier étage. L'entrée devait se trouver dans la cour. Ils pénétrèrent dans le hall et eurent l'impression de se trouver dans une chapelle abandonnée ou dans un lieu souterrain. Incapable de se retenir plus longtemps, Harjunpää bondit quasiment vers la cour — avec ses jambes d'échassier, il devança les autres et atteignit le bout du couloir en quelques secondes.

Côté cour, l'immeuble était jaune. Sur le mur serpentait une vigne vierge dépourvue de feuilles. Quelque part, un moineau pépiait. L'escalier de Vuokko se trouvait à droite, à l'extrémité de la courette, et la porte en était ouverte, ou plutôt en train de se refermer à l'instant même. Harjunpää entraperçut un homme vêtu d'un pardessus bleu marine et d'un pantalon gris.

— C'est Torsten ! chuchota-t-il à l'intention de ses coéquipiers, sans en être tout à fait sûr — mais il lui avait semblé que l'homme s'était arrêté pour lui jeter un rapide coup d'œil, avait deviné qui il était et avait alors eu un léger sursaut.

— Où ça ?

— Il vient d'entrer dans l'escalier. Bon Dieu, on va le serrer devant la porte de Vuokko... Maintenant il nous observe par une des fenêtres !

— Mais non...

— Si !

Harjunpää eut tout à coup la conviction que Torsten savait ce qu'ils faisaient là. Il s'élança, comprit que les autres le suivaient, et entendit Bingo grommeler : « T'affole pas, il est coincé là-dedans comme dans une bouteille... »

Onerva dit quelque chose elle aussi. Elle cria presque, en fait, mais Harjunpää n'arriva pas à saisir ses paroles. Il ouvrit la porte d'un coup sec, enjamba le paillasson et se rua sur l'escalier.

Il s'arrêta à l'étage de Vuokko en dérapant à cause de ses semelles. Le palier avait la forme d'un T qui offrait les extrémités de sa barre plongées dans la pénombre à celui qui voulait se cacher. Mais Torsten ne s'était pas arrêté. Ses chaussures martelaient l'escalier, plus haut. Harjunpää s'élança de nouveau, avalant trois ou quatre marches à la fois, et par moments il sentait la rampe trembler, quand Torsten prenait appui dessus de la même façon que lui, et en ces instants-là il lui semblait presque le toucher et une sorte de joie arrogante le faisait s'écrier intérieurement : « Et maintenant, petit mariolle, tu ne vas plus.... »

— Arrête-toi, Torsten ! Brigade Criminelle ! cria-t-il à tue-tête. Mais l'écho brisa ses mots en syllabes et les syllabes roulèrent les unes sur les autres. Torsten courait toujours et, venant d'en dessous, le tambourinement des pieds d'Onerva lui répondait. L'escalier se poursuivait en un colimaçon abrupt. Harjunpää haletait maintenant, la bouche grande ouverte, tout en essayant de maîtriser ses semelles glissantes.

À présent, l'écho se modifiait. On aurait dit

qu'il s'amenuisait. Torsten devait être tout proche du dernier étage. Arrivé là-bas, il n'y avait plus aucune échappatoire. Il ne pouvait y avoir qu'une porte coupe-feu fermée à clé. Mais Torsten pouvait résister, donner des coups de pied — il se trouverait plus haut que lui, sa position lui donnerait l'avantage. Harjunpää eut à peine le temps de se dire qu'il lui faudrait essayer de saisir la cheville de son adversaire qu'il entendit un déclic métallique venant d'en haut. Il comprit que Torsten était armé. Il se plaqua contre le mur, s'accroupit et dégaina prestement son revolver. Et voilà. À présent, il voyait tout. Le dernier étage n'était qu'un misérable petit palier en béton et, lui tournant le dos, un homme essayait fébrilement d'ouvrir une porte en fer peinte en marron — c'étaient ses clés qui cliquetaient, pas une arme.

— Laisse tomber, Torsten ! cria Harjunpää en levant son revolver. En deux temps, trois mouvements, il grimpa la dernière volée de marches, vit le battant pivoter et Torsten s'engouffrer dans l'ouverture.

— Plus un geste ! Stop !

Il bondit sur le palier et se précipita vers la porte, mais il ne trouva aucun moyen de la saisir et il n'eut pas le réflexe de placer son pied dans l'entrebâillement. La porte se referma avec un bruit fracassant et le claquement roula dans la cage d'escalier, résonnant à chaque étage comme une détonation. Harjunpää se recula et lui décocha un coup de pied. En vain. La porte était fermée à clé. Il le savait, mais il continua malgré tout à cogner dessus, vainement et de façon absurde.

Il fit demi-tour et se pencha sur la rampe. Le gouffre était vertigineux et donnait l'impression qu'il voulait aspirer ceux qui avaient l'audace de le contempler. Un ou deux étages plus bas, le visage d'Onerva apparut, tourné vers le haut.

— La clé ! cria Harjunpää. Va chercher la clé chez Vuokko !

Onerva émit une réponse inintelligible et se mit à dévaler les marches. Harjunpää s'adossa au mur, le souffle court. Il entendit une sonnette tinter au loin et Onerva crier quelque chose. Puis, à d'autres étages, des serrures grincèrent et des portes s'ouvrirent. Juste au-dessous de Harjunpää, quelqu'un fit racler ses chaussons jusqu'à la balustrade et lança d'une voix fluette : « Hé-ho ? C'est quoi tout ce tapage ? Hé-ho... »

Harjunpää donna un coup de pied dans la rampe et celle-ci résonna comme la porte l'avait fait peu de temps auparavant. Les chaussons rebroussèrent chemin sans demander leur reste et aussitôt après une porte claqua.

— J'espère que ça vous va, comme tapage, grommela Harjunpää entre ses dents. Il s'accroupit devant la porte coupe-feu et acquit la certitude définitive que ce n'était même pas la peine d'essayer de la forcer avec un pied-de-biche : elle épousait le chambranle au millimètre près. Mais sa rage commença néanmoins à se dissiper : il comprit progressivement que Torsten était coincé — caché bien évidemment, mais coincé malgré tout.

— C'est Vuokko elle-même qui lui a donné une clé, dit Onerva hors d'haleine en arrivant sur le palier. Et toutes les clés sont usinées pour ouvrir...

— Où est Bingo ?

— Dans la cour. Je lui ai dit d'y rester quand tu as foncé à l'intérieur. Le toit du hangar à vélos est fait de telle façon qu'on peut y accéder par les fenêtres du premier étage. J'ai pensé que s'il avait le temps de rentrer chez Vuokko...

— Bien vu. Je ne l'avais même pas remarqué...

Onerva introduisit la clé dans la serrure et commença à la faire tourner.

— Attends un peu...

Harjunpää essuya ses paumes d'un geste rapide et raffermit sa prise sur son arme, qu'il pointa vers l'entrebâillement de la porte.

— Au cas où il serait assez fou pour essayer de sortir en force...

Onerva ouvrit la porte d'un coup sec, et un souffle d'air froid les accueillit. Cela sentait la suie, la poussière et ce qui est tombé dans l'oubli.

Ils ne bronchèrent pas. Il ne faisait pas complètement noir dans le grenier. La lumière mourante du jour filtrait en rais bleuâtres par les carreaux des lucarnes. Harjunpää franchit rapidement le seuil et palpa le mur à tâtons. Il trouva l'interrupteur — une faible ampoule s'alluma au plafond, une autre un peu plus loin. Le couloir fut suffisamment éclairé pour permettre de voir où l'on mettait les pieds, mais au-delà, l'obscurité s'épaississait. Onerva vint aux côtés de Harjunpää. Elle aussi tenait maintenant un revolver à la main, le pouce prêt à relever le chien.

— Timo, est-ce qu'on ne devrait pas...

— Chut !

Harjunpää entendit encore une fois le bruit. C'était un craquement, un grincement. Comme si quelqu'un se cachait, dans une position inconfortable, sur le point de perdre l'équilibre. Encore une fois. Le bruit venait de là-haut. Il leva les yeux. Cinq mètres au moins séparaient le sol du toit, et les poutres de la charpente étaient de grosses poutres en bois sur lesquelles ont aurait pu facilement marcher, peut-être même s'allonger sans être vu d'en bas. Elles allaient d'un mur à l'autre, comme une gigantesque toile d'araignée.

— C'est une tôle sur le toit, chuchota Onerva. Le froid devient plus vif. Ça la fait gémir.

— Peut-être bien. C'est possible. À moins qu'il soit assez malin pour être sorti par la trappe d'incendie et qu'il attende patiemment là-haut...

Onerva le regarda sans rien dire. Harjunpää savait qu'il faudrait aussi explorer le toit, et son estomac se noua désagréablement, comme s'il s'était trouvé dans un ascenseur qui filait trop vite vers le bas.

— On a besoin de Bingo, murmura Harjunpää.

C'est trop vaste, ici. Quelqu'un doit rester à la porte pour être sûr qu'il ne s'échappe pas. Ça t'ennuierait d'aller sur le balcon du haut et de l'appeler ?

Onerva retourna vers l'escalier. Harjunpää s'avança dans le grenier. Le couloir se divisait en deux. À gauche, il ne continuait que sur une vingtaine de mètres, pour se terminer sur un mur coupe-feu. À droite, il s'élargissait peu après et servait de zone d'étendage — les intervalles entre les poutres étaient pleins de cordes à linge — puis il se rétrécissait de nouveau et formait un coude, si bien qu'on ne pouvait pas voir comment il finissait. D'un côté comme de l'autre, le long des murs, il y avait des placards aux parois grillagées, bondés de cartons, de balluchons et de vêtements abandonnés comme autant d'hommes qui se seraient tenus là, immobiles. Onerva rejoignit Harjunpää et le fit sursauter.

— Je ne le vois pas. Il est peut-être allé chez Vuokko.

— Non — on aurait entendu la porte. Et Vuokko lui aurait dit qu'on est ici. Nom d'un chien, qu'est-ce que ce mec peut me taper sur les nerfs, alors que je fais...

— Et moi alors, devine...

Onerva secoua la tête, comme si elle ne voulait pas en dire plus, réflexion faite. Mais, finalement, elle chuchota rapidement :

— Quand tu es parti montrer les diapos à Filpus, il est venu me dire qu'il devait me parler en tête à tête, que c'était la raison pour laquelle il avait insisté pour que j'aille prendre un verre avec lui. Je lui ai répondu : voilà, on est en tête à tête. Et devine — il a ri et il m'a dit qu'il ne pouvait pas parler de ça sur notre lieu de travail, qu'il ne voulait pas me faire pleurer devant tout le monde.

— Quelle ordure...

Harjunpää vit qu'Onerva n'avait pas vraiment compris le fond de sa pensée, mais une lueur d'inquiétude et de perplexité était apparue sur son visage, comme sur le visage de quelqu'un qui sent germer dans son esprit un soupçon indéfinissable.

— Tu n'as qu'à rester ici, grommela Harjunpää. Il faut qu'on vérifie les lieux, au moins sommairement, avant de faire venir un chien ou autre chose...

Il prit le couloir qui partait à gauche, le revolver à hauteur de la hanche, jetant alternativement un regard rapide sur les placards situés de chaque côté et en haut vers les poutres de temps à autre — mais il avait l'impression de ne pas être aussi attentif qu'il aurait dû l'être, que quelque chose lui échappait. À son corps défendant, il pensait à Bingo. Il se disait qu'il faudrait mettre certaines choses au point avec lui, même si cela pouvait paraître ridicule de se chamailler entre adultes pour des questions de vie privée, et même si Bingo allait lui rire au nez. Mais d'un autre côté, il ne pouvait pas s'empêcher de se dire aussi que la division avait depuis longtemps trouvé son équilibre, que dans la tempérance et la bonne humeur

143

le travail ne s'en portait que mieux. Et quant à Onerva... Onerva était visiblement vraiment heureuse, pour la première fois depuis qu'ils se connaissaient.

Harjunpää s'arrêta devant le mur coupe-feu et posa la main sur un des barreaux de l'échelle qui s'élevait vers la pénombre. Il pencha la tête en arrière — la trappe d'incendie se trouvait au bout de l'échelle, mais elle était fermée à clé. Le cadenas brillait comme un sou neuf, il le voyait nettement d'où il se tenait. Il poussa un soupir de soulagement et se tourna vers les placards pour examiner leur contenu. Eux aussi étaient fermés à clé, à l'exception d'un seul, vide comme un cercueil en attente. Et même s'il était relativement facile d'escalader les parois, il n'aurait pas été possible d'y arriver sans laisser de traces sur le fin grillage. Des déformations, des déchirures ou autre chose. Il revint sur ses pas, le regard rivé au sol cette fois, mais il n'y décela rien non plus — il était poussiéreux, mais si irrégulier qu'il ne pouvait même pas distinguer les empreintes de ses propres pas.

— Rien ? demanda Onerva à voix basse.

— Non. Sauf qu'il ne peut pas être sur le toit. La trappe est fermée à clé. Attends voir... À partir de maintenant, gaffe...

Harjunpää partit vers la droite. Il dépassa la zone d'étendage, se retrouva à nouveau entre deux rangées de placards et s'approcha de l'angle. Il ralentit soudain son allure et s'arrêta complètement au bout de quelques pas. Il n'avait rien entendu — il en était certain — ni rien vu non plus. Aucun mouvement ni quoi que ce soit d'autre. Il n'avait même pas la sensation que quelqu'un se trouvait près de lui et l'épiait. Il ressentit pourtant un brusque picotement, comme si quelqu'un ou quelque chose avait voulu lui envoyer un message qu'il n'arrivait pas à déchiffrer. Il se dit que tout cela venait du fait que Torsten ne pouvait plus être loin. Il jeta un rapide coup d'œil aux poutres — elles étaient aussi désertes qu'ailleurs.

— Onerva, appela-t-il à voix basse sans se retourner. Tout va bien ?

— Oui. Il y a quelque chose qui ne...

— Non...

Harjunpää pressa son pouce plus fermement sur le chien du revolver. Puis il bondit jusqu'à l'angle en deux vives enjambées, jura, et s'élança automatiquement au pas de course. Mais c'était inutile. Le couloir se terminait sur un mur et à droite s'ouvrait une porte, identique à celle qu'Onerva et lui avaient poussée. Il se rua dessus, l'ouvrit à la volée et se retrouva devant un escalier. Il devait s'agir de l'escalier D, celui dont l'entrée se trouvait juste en face du hall.

— Bordel de merde !

Il descendit quelques marches avec fracas, comprit que c'était parfaitement inutile, désespérément trop tard, poussa un grognement comme si on avait essayé de fourrer de force quelque chose dans sa bouche et remonta, les mains parcourues de frémissements colériques. Ses chaussures avaient laissé des traces poussiéreuses sur le palier, comme celles de Torsten — ou, plus exactement, comme une seule d'entre elles. Il avait dû surgir du grenier à une telle vitesse qu'il n'avait fait qu'un seul pas sur le palier. Harjunpää se dit qu'ils avaient au moins obtenu quelque chose. Il allait demander aux hommes des Services Techniques de venir relever l'empreinte — mais cela ne le réconfortait en rien. Bien au contraire. Devant un résultat aussi insignifiant il sentait la colère monter en lui. Il claqua la porte derrière lui de toutes ses forces et rejoignit Onerva en traversant le grenier au pas de course.

Ils étaient presque redescendus jusqu'au palier de l'appartement de Vuokko quand ils croisèrent Bingo qui montait les marches d'un pas lourd. Il était en nage et semblait avoir couru — ses narines étaient dilatées par l'essoufflement, ses cheveux collaient à son front comme des algues rejetées par la mer, et il s'essuyait le visage avec son bonnet, qu'il avait roulé en boule dans sa main.

— Ça baigne, haleta-t-il. Si c'est pas dans l'huile, alors c'est dans le vinaigre...

Il s'appuya de tout son poids contre le mur et comprima son ventre avec ses avant-bras. Harjunpää et Onerva s'approchèrent rapidement.

— Il m'a échappé, souffla Bingo sans les regarder ouvertement, comme s'il avait fait une bêtise. De l'autre escalier, un homme est sorti en courant... Bien habillé, un imper foncé sur le dos. Je lui ai juste jeté un petit coup d'œil. Je ne suspectais rien du tout. Mais quand il s'est rendu compte que je le regardais, il a sursauté comme s'il avait chié dans son froc et il s'est remis à courir. Je l'ai suivi par réflexe. Je me suis dit qu'on s'était peut-être trompé d'escalier...

— C'était Torsten. Il a réussi à faire le tour par le grenier.

— Merde alors. Et moi...

Bingo afficha une mine déconfite. On aurait presque dit qu'il n'en fallait guère plus pour qu'il se mît à pleurer. Puis il serra les dents et fit une grimace qui découvrit ses gencives, leva les mains et montra ses paumes. Elles étaient grises de saleté, pleines d'écorchures, lacérées par le sable répandu dans la rue, et des gouttes de sang foncé perlaient par endroits.

— Je le tenais déjà... Mais l'enfoiré m'a donné un coup de pied... Au ventre. Et je suis tombé et il s'est échappé...

Harjunpää changea de position, remarqua que Bingo détournait les yeux, et il entendit Onerva prendre une profonde inspiration et retenir son souffle un instant. Il eut la certitude que Bingo mentait. Pas sur toute la ligne, mais en partie du moins. Pour une raison ou pour une autre.

— Vos regards en disent long alors que la distance est courte...

— Écoute, commença Harjunpää, mais il se contenta de hausser les épaules. Bingo monta une marche, vint plus près, et son visage le défiait comme il l'avait fait devant l'appartement d'Helena.

— O.K., s'esclaffa-t-il d'une voix rauque. J'ai essayé de vous couillonner. Je ne l'ai pas attrapé.

Il ne regardait qu'Onerva, derrière l'épaule de Harjunpää, donnant l'impression qu'il ne parlait qu'à elle, agitant ses mains comme s'il était si outré qu'il avait du mal à se dominer.

— Mais j'ai vraiment couru derrière lui ! Jusqu'au bout de la rue de Vuorimies ! Et puis... je n'avais plus de jus. Je me suis étalé dans la rue, sur le ventre... Et il s'est fait la malle... Mais nom de Dieu, comment est-ce que quelqu'un comme moi aurait pu y arriver ?

Harjunpää se taisait. Onerva dit d'une voix douce, juste pour dire quelque chose :

— Il ne t'est pas venu à l'idée de demander des renforts avec la radio de la voiture...

— Qu'est-ce qui ne m'est pas venu à l'idée ? explosa Bingo. Et comment est-ce que je demande des renforts avec la radio quand les portières de la voiture sont fermées et que je n'ai pas la clé ?

Il se mit à rire, d'un rire sonore et convulsif dont l'écho roulait dans la cage d'escalier, et à un des étages, une porte s'ouvrit de nouveau.

— Mais moi, je n'ai jamais les clés ! Parce que je ne conduis jamais — personne ne veut prendre ce risque... Mais vous n'avez qu'à dire que c'était de ma faute s'il s'est échappé, que j'avais déjà merdé à la division en ne vous passant pas cet ap-

148

pel plus tôt et que j'aurais dû avoir la force de courir. Allez, dites-le !

Harjunpää se tourna vers Onerva, les mâchoires crispées, essayant de déglutir sans bruit.

— Tu veux bien rapporter la clé à Vuokko ? réussit-il à articuler d'une voix à peu près normale. Et conseille-lui de faire venir tout de suite un serrurier. Dis-lui qu'on lui téléphonera un peu plus tard pour tout lui expliquer. On t'attend dans la voiture.

Il descendit les marches et tira Bingo par la manche en se dirigeant vers la porte d'entrée.

— Viens...

— Bas les pattes, nom de Dieu...

Harjunpää ouvrit la porte d'un geste rageur, se retrouva dehors en une grande enjambée et partit d'un pas vif vers le hall. Il ne perdait pas souvent son sang-froid. Ce n'était pas son genre. On lui avait inculqué dès son enfance qu'on ne devait pas sortir de ses gonds — mais à l'instant présent, il ouvrait et refermait les poings comme s'il broyait quelque chose, et son menton frémit à plusieurs reprises comme s'il était sur le point de cracher.

— Tout le monde est sur les nerfs, dit-il d'une voix rauque sans regarder Bingo. Mais quoi qu'il en soit, on ne peut plus continuer comme ça.

— Parce que je suis tellement foireux que je salope tout le boulot ?

— Tu es pire qu'un gosse ! Moi aussi, je pourrais pleurer : « Allez-y, accusez-moi, puisque je ne l'ai pas attrapé dans l'escalier ! » Et Onerva pourrait chialer et dire que c'était de sa faute parce qu'elle a roulé trop lentement.

— Conneries ! Va raconter à Vauraste que ce matin j'étais un peu bourré. Ça te soulagera peut-être.

Harjunpää s'arrêta et se plaça en travers du chemin de Bingo. Le hall les abritait des regards extérieurs comme s'ils étaient seuls au monde.

— Nom de Dieu, écoute ! Si j'avais un brin de jugeote, c'est exactement ce que je ferais ! Mais écoute...

Harjunpää respira à fond plusieurs fois de suite. Les deux hommes se défièrent du regard. Harjunpää vit que les pourtours des yeux de Bingo frémissaient comme si quelque chose bougeait sous la peau — ils frémissaient exactement comme le visage d'un vieillard trouvé mort l'été précédent dans son appartement route de Damaskus : l'homme était décédé depuis plus d'une semaine, et tant de vers grouillaient sous sa peau qu'on aurait dit qu'il faisait encore des mimiques. Harjunpää baissa les yeux et dit calmement :

— Va à l'infirmerie. Pour tes mains. Il faut les nettoyer en tout cas, sinon elles risquent de s'infecter. Mais tu diras en même temps que tu es terriblement fatigué, que tu as besoin de souffler quelques jours. Et réfléchis tranquillement à tout ça chez toi...

— Si je comprends bien, vous voulez vous débarrasser de moi ! Vous savez pertinemment

qu'ils ont mes absences à l'œil. À la division des
Vols, il y a une bonne blague qui circule, comme
quoi tous les ans je suis malade pendant les deux
mois remboursés plein pot et que les dix autres,
je suis payé pour dessoûler. Mais nom de Dieu,
c'est faux... J'ai des problèmes d'estomac, une
histoire de lactose... Et même sans ça, il y a tout
le reste... Mais vous tous, bande d'ordures, vous
voulez vous débarrasser de moi !

— Tu es complètement parano !

— Et voilà ! C'est quand même sorti ! Je suis
fou, bien sûr...

Harjunpää sortit dans la rue. Bingo sprinta
pour rester à sa hauteur.

— Maintenant, écoute, j'aurais besoin d'un
conseil d'ami, dit Bingo en contrefaisant sa voix
pour lui donner un ton débile. Qu'est-ce que je
dois faire puisque je suis fou ? Parce que ça me
travaille beaucoup. Est-ce que je dois aller dans
les chiottes et crépir les murs avec ma cervelle
comme tous les policiers qui ont pété un plomb ?

— Fais ce que tu veux...

Ils arrivèrent dans la rue du Kapteeni et Harjunpää vit tout de suite qu'une contravention
pour stationnement irrégulier ornait le pare-brise
de la Lada. Ils avaient oublié d'orienter le pare-
soleil de façon à rendre visible le macaron avec
le P. Mais à son grand étonnement, il était si hé-
bété et si frigorifié qu'il ne se donna même pas la
peine de jurer mentalement.

10

La revanche

Torsten était accroupi par terre, une main posée sur les paquets de pains. Mais ceux-ci ne l'aidaient pas. Ils ne l'apaisaient pas. Ils n'étaient et ne demeuraient que des pains muets. Ceux du bas commençaient déjà à moisir. Jamais encore une chose pareille ne s'était produite par le passé. Il se redressa avec des mouvements qui traduisaient sa stupeur et se sentit encore davantage trahi et faible, et sa faiblesse était une faiblesse insupportable, identique à celle qui l'envahissait quand il lui était absolument indispensable de faire l'amour à quelqu'un, quand il en avait envie, même, mais que son corps restait inerte et refusait d'obéir. En ces moments-là, il avait l'impression de se trouver recouvert d'une membrane étouffante, comme s'il fallait déchirer ou frapper quelque chose pour se libérer. Et maintenant, sa faiblesse se doublait en plus d'un effroi naissant. Il fit un pas rapide qui ne le mena nulle part mais le laissa en plein milieu de tout, et l'effort de la course se faisait encore sentir dans ses membres alors qu'il se trouvait déjà depuis une heure dans son antre, et son cœur battait toujours la chamade, avec une telle force qu'il sentait les pulsations sur son cou comme si un oiseau lui picorait la peau.

— Je ne suis quand même pas une tapette...

Les mots ne produisirent aucun effet. Il commençait presque à éprouver la même sensation que devant la porte coupe-feu, quand il avait essayé d'ouvrir la serrure avec la mauvaise clé et que le fracas des pas dans l'escalier ne cessait de se rapprocher.

Torsten poussa un râle, se retourna et aperçut son costume. Il formait un tas gris sur le lit. En règle générale, Torsten ne traitait pas ses vêtements avec négligence. Il avait toujours été conscient de leur importance. Pour lui, ils étaient des alliés. Il les bichonnait presque. Mais à présent, il lui sembla que le costume gris ne méritait pas mieux que de se retrouver ainsi, tel un vulgaire tas de chiffons. C'était le costume par lequel le malheur était arrivé. L'air s'échappa en sifflant entre ses dents et il se précipita dans le coin cuisine, revint avec un grand sac-poubelle, vida les poches du costume avec frénésie comme s'il craignait que lui-même ou leur contenu puissent être contaminés, et quand les poches pendouillèrent comme des bouts de tissu sans valeur, il enfourna le costume, veste, pantalon et gilet compris, dans le sac, qu'il jeta dans l'entrée. Après quoi, il resta debout, ses mains pianotant avec nervosité l'une contre l'autre, et il sonda son esprit.

Mais rien n'avait changé. La menace était toujours présente. Comme un glissement de terrain sur le point de se produire, que presque plus rien ne retenait, sauf peut-être un élément insignifiant, un petit caillou, par exemple, et il avait la certitude que s'il restait sur place sans rien faire, il finirait inévitablement par ramasser ce caillou, et ses pensées déferleraient alors et l'enseveliraient. Il gagna la fenêtre un peu comme s'il fuyait et se mit à gratter la peinture écaillée de l'encadrement, en se disant qu'il pourrait s'habiller et aller manger dans un bon restaurant. Mais il n'avait pas faim. Et d'ailleurs, l'idée ne le séduisait pas. Se retrouver seul à table avait un côté déprimant. Mais, il était d'autre part obligé de rester seul. Ce soir, il n'avait aucune raison de se rendre chez qui que ce soit, ni le lendemain, ni le surlendemain non plus. Torsten soupira si fort qu'une tache de buée se forma sur le carreau. Les journées solitaires étaient O.K. et indispensables, mais les soirées — il ne souhaitait pas avoir de la compagnie simplement pour être accompagné, encore moins avait-il besoin de tendresse ou d'être tenu naïvement par la main : s'il passait une soirée en solitaire, il lui semblait faire un énorme gaspillage, y compris de sa propre personne, il lui semblait que rien n'avait de sens, que quelque part ailleurs et pour les autres tout allait mieux.

Torsten s'arracha de la fenêtre et gagna la salle

de bains à grands pas. Il s'arrêta devant le miroir et regarda son image, essayant de sourire. Le sourire était raté. Ce n'était pas celui avec lequel il amenait les femmes à rêver de mariage à la Saint-Jean, ni même celui avec lequel il faisait croire à la plus crétine des bécasses que ses propos futiles renfermaient une profonde vérité. C'était un sourire difforme et artificiel. Il repoussa d'un geste rapide les cheveux tombés sur son front et plissa les yeux, sans rien obtenir là non plus, pas le moindre éclat d'intérêt. Ce n'étaient que des yeux plissés, comme ceux de n'importe qui. Il baissa son regard et déglutit lentement, tâchant de se persuader que tout cela était passager. Il toucha le miroir du bout des doigts. Le verre était froid, presque glacé et, dans une sorte d'état second, il commença à avoir l'impression qu'il n'était pas Torolf Backman ni Torsten Wahlman, ni George Stahlman non plus, qu'il n'était personne ni rien, que l'immeuble autour de lui était vide, que ce n'était qu'un placard abandonné où, hormis sa présence, ne régnait que le silence, le même silence que dans un cercueil que l'on venait de mettre en terre et dans lequel les bactéries accomplissaient leur travail sans un bruit.

— Quelle horreur...

Il sursauta, s'anima, tourna à fond le robinet d'eau froide et s'aspergea le visage. Maintenant, il était obsédé par l'idée qu'il fallait qu'il sorte, qu'il aille dehors, dans la rue, dans un grand ma-

gasin, n'importe où pourvu qu'il y ait du monde
et qu'il puisse sentir qu'il existait.

Torsten s'arrêta au rayon de prêt-à-porter pour
hommes, à côté d'un présentoir de blazers, et essaya de savourer la cohue ambiante. C'était différent du grouillement de la rue — dans la rue, on
se sentait emporté par un fleuve qui grondait en
pleine débâcle, bousculé brutalement de toutes
parts, mais à l'intérieur d'un magasin, c'était
comme si on avait pénétré furtivement dans le re-
paire d'une communauté d'animaux, comme si les
mêmes gens étaient plus chaleureux parce qu'ils
oubliaient de se concentrer uniquement sur l'apparence qu'ils essayaient de donner, qu'ils se laissaient aller à tout instant à dévoiler que telle ou
telle chose les intéressait, qu'ils voulaient cette
chose, qu'ils n'étaient en réalité que l'envie per-
sonnifiée. Et c'était justement la raison pour
laquelle Torsten se plaisait bien dans les grands
magasins et gardait les sens en alerte — même s'il
était vrai que c'était aussi la présence des surveil-
lants qui l'obligeait à rester vigilant — et il avait
d'ailleurs rencontré deux de ses femmes dans un
grand magasin, ou du moins les y avait-il repé-
rées, et il leur avait filé le train jusqu'à ce qu'un
hasard opportun se présente. En ce qui concernait la deuxième de ces femmes, le hasard ayant
tardé à se manifester, c'était lui qui l'avait provo-
qué à l'aide des portes d'entrée à ouverture auto-
matique.

Mais cette fois-ci, il ne trouvait aucun plaisir à être là. Il avait constamment l'impression de fuir, et en vain qui plus est, parce que ce qu'il fuyait le poursuivait sans relâche, parce qu'il ne s'en était pas libéré, qu'il avait seulement réussi à l'étourdir pendant un moment. Et il ressentait en outre de façon embarrassante, ce qui ne lui était pas arrivé depuis longtemps, qu'il risquait à tout moment de se trouver nez à nez avec quelqu'un qui n'existait plus pour lui, que de l'autre côté d'un rayon ce quelqu'un allait lui lancer avec étonnement : « George... ! » Torsten tirailla sur le col de son manteau pour le remonter et sortit de sa poche de poitrine une paire de lunettes qu'il mit sur son nez. Leur monture était épaisse et les verres fortement fumés. Derrière elles, il se sentait à l'abri, ou comme dans une ombre profonde. Puis il se baissa, prit sa serviette posée par terre et gagna d'un pas déterminé l'escalier roulant qui menait au sous-sol. Il avait déjà fait le tour du magasin et avait cueilli tout ce qui lui avait fait envie, et il aurait tout simplement pu sortir et disparaître. Mais dans ce cas-là, tout cela n'aurait été que du vulgaire vol à l'étalage, du bricolage à la portée de n'importe qui, et cela ne lui aurait rien apporté, pas le moindre frisson, aucune prémice de la force qui se trouvait obligatoirement tapie quelque part en lui. Et en ce moment, il avait vraiment besoin de cette force, peut-être plus intensément que jamais.

Torsten arriva au sous-sol et se rendit directement au rayon d'alimentation. Ce rayon était comme un magasin dans le magasin, fonctionnant sur le principe du libre-service, et ceux qui en sortaient pour régler leurs achats — ou ceux qui n'avaient rien compris — devaient passer entre des stalles qui menaient aux caisses, comme le bétail dans les abattoirs. Il se glissa entre les rayons emplis de boîtes de conserve et louvoya entre les gens d'un pas assuré pour ne s'arrêter que devant le présentoir des pains sous cellophane, le plus éloigné. Il réfléchit pendant deux secondes et opta pour le pain de seigle en tranches. Au moment précis où il posa ses doigts sur le paquet pour le prendre, il ressentit la force qui sommeillait en lui. La sensation disparut aussitôt. Mais cette brève perception lui suffit. C'était comme une promesse. Faisant rebondir le paquet sur sa paume, Torsten s'engagea dans l'allée qui menait aux étalages de corn-flakes. Maintenant, il savait de nouveau qu'il existait, que l'assurance et la puissance étaient revenues, que la malchance n'avait été que provisoire et que la réussite et les lendemains qui chantent l'attendaient.

Une femme aux grosses jambes tripotait des boîtes. Elle finit par faire son choix et s'éloigna. C'était le bon moment. Torsten fit sauter la fermeture gauche de sa serviette — celle de droite était tout le temps ouverte par avance —, souleva le rabat juste ce qu'il fallait, glissa le paquet de pain en lieu sûr et referma la serviette. Tout était terminé. Pendant tout ce temps, il n'avait ni regardé autour de lui ni essayé de dissimuler le paquet. Il procédait toujours ainsi. Jamais il n'avait recours aux parapluies ou à d'autres artifices stupides tels que les crochets fixés à la doublure, parce que tout ce qui dérogeait à la normalité attirait automatiquement l'attention. La tête haute, il se dirigea vers les caisses. Un doux chant de satisfaction résonnait en lui. Sur le dernier rayon, il cueillit à l'aveuglette un bocal, constata qu'il contenait du potiron macérant dans le vinaigre, choisit l'avant-dernière file d'attente et se plaça derrière un homme à la nuque rougeaude qui devait forcément avoir une tête de benêt.

Entre ses paupières, Torsten observa la caissière. Il ne connaissait pas celle-là. Mais tant mieux, cela ajouterait de la difficulté à la situation et accroîtrait en même temps son plaisir. Et même le plus impitoyable des hommes n'aurait pu lui refuser ça. La femme était âgée d'une quarantaine d'années, suffisamment en chair pour en souffrir et tenter de se persuader qu'elle l'était moins en achetant des vêtements trop petits — les bretelles de son soutien-gorge s'enfonçaient dans la graisse de ses épaules, faisant saillir des bourrelets que l'étoffe de sa blouse épousait, et son alliance ressemblait à un bout de ficelle noué autour d'une saucisse. Une de ses mains pianotait sur les touches de la caisse enregistreuse et l'autre attrapait à tâtons les articles amenés par le tapis roulant, immobilisait leur course, les tournait de manière à voir le prix, les relâchait, attrapait l'article suivant, et la caisse pépiait, et la femme était elle-même comme une espèce de machine, tout à fait à sa place dans ce travail qui lui correspondait si bien, et la cadence infernale avait depuis longtemps gommé la tension et toute expression de son visage pour n'en faire plus qu'une masse amorphe, semblable à une pièce de viande dans la vitrine d'un boucher. Torsten étreignit soudain la poignée de sa serviette. Il venait tout à coup de comprendre pourquoi il avait choisi précisément cette file-là : la femme-caissière ressemblait à Vuokko. Pas vraiment en raison de ses traits, mais pour tout le reste ; elle était exactement telle que serait Vuokko dans une dizaine d'années au plus. Elle était la sœur spirituelle de Vuokko.

La file progressait par à-coups. Ce serait bientôt le tour de Torsten. Il posa sa serviette et le bocal de condiments sur le tapis roulant, à l'envers pour cacher l'étiquette du prix, pour que la femme-caissière soit obligée de chercher, obligée de faire un effort supplémentaire, obligée de se réveiller. À présent, elle encaissait pour l'homme à la nuque rougeaude qui le devançait et il pouvait mieux la détailler. Ses cheveux étaient comme un balai à franges trempé dans de l'eau sale. Ils pendouillaient sur son front luisant de sueur et de sébum. Même les aisselles de sa blouse étaient assombries par la transpiration. Les lèvres de Torsten frémirent, sa respiration devint plus courte. Il savait maintenant qu'elle était de celles qui, une fois rentrées à la maison, traînaient en sous-vêtements douteux et marmonnaient à leur mari qu'elles avaient mal à la nuque et que leurs poignets les élançaient ; et au moment où leur homme — si toutefois il parvenait à les attirer au lit — leur pinçait les tétons pour se faire mieux comprendre, elles bâillaient en disant qu'elles avaient en plus la migraine.

Le bocal de condiments se retourna dans le bon sens, la caisse tinta.

— Autre chose ? demanda la femme. Ses dents étaient parsemées de plombages. Torsten se pencha plus près. Un chant triomphal retentissait maintenant en lui, comme s'il pouvait enfin enfoncer son poing dans le ventre de Vuokko pour en faire sortir l'air en sifflant par les deux bouts.

— Non, dit-il de sa voix la plus suave, en gardant sur ses lèvres un air faussement grave, mais laissant un sourire pétiller dans ses yeux. Tout le reste, je le carotte, je le glisse en douce là-dedans...

Il effleura la serviette. Le visage de la femme était totalement vide. Puis quelque chose commença à se dessiner dessus. Mais c'était mauvais. C'était dangereux. Torsten sursauta comme s'il avait touché quelque chose de brûlant, et il comprit aussitôt : elle n'avait pas vu ses yeux, ni leur éclat malicieux. Il retira en hâte ses lunettes, puis sourit. Mais il était trop tard. Le visage de la caissière était las. Elle dit à peine poliment :

— Alors je peux jeter un coup d'œil dans votre serviette ?

— Tsss, Tsss ! Quand même pas ! Mais moi, est-ce que je pourrais voir un joli petit sourire sur votre visage ?

La femme resta coite, sans rendre son sourire à Torsten. Elle poussa un profond soupir, comme soupirent les parents lorsque les jeux de leurs enfants les exaspèrent, et demanda sur le ton qui n'était pas celui d'une question :

— Je peux voir ce que vous avez dans votre serviette ?

— Chère Madame, les documents d'un juriste ne présenteront rien de bien intéressant pour vous. En revanche, pourrais-je régler ma note ? Je suis attendu...

— Elle s'ouvre ou pas, cette serviette, dit-elle en approchant une main de l'interphone. Elle était trop fatiguée, au-delà de toute préoccupation. Elle était prête à se dresser devant n'importe qui, quitte à provoquer un scandale pour imposer sa volonté. Torsten posa ses mains sur le rebord du tapis roulant. Son ventre était glacé et un picotement le parcourait, gagnant ses membres et s'étendant même sur son visage, comme s'il neigeait sur lui. Et pourtant, quelque chose lui serinait intérieurement : « Contrôle-toi, reste calme, sois sûr de toi, ne fais aucune concession ! »

— Écoutez ! attaqua Torsten. Je veux bien admettre que vous êtes terriblement stressée et que ce travail ne vous enchante guère... Néanmoins, vous exercez un métier de service. Et à ce titre, vous êtes tenue de posséder un minimum de sens de l'humour. Au moins assez pour comprendre quand il s'agit d'une plaisanterie...

— Hé...

C'était l'homme à la nuque rougeaude, le type qui l'avait précédé. Il était resté aux alentours quand il avait deviné que la situation allait s'envenimer. Son visage était lourd. C'était exactement le visage d'un de ces emmerdeurs qui ne cessent de rabrouer d'une voix forte les écoliers dans le tramway pour qu'ils libèrent les places assises.

— Vous-même, vous devriez alors avoir suffisamment le sens de l'humour pour montrer votre paperasse, s'exclama-t-il, criant pour être sûr de bien avoir été entendu par tout le monde et pour que l'on comprenne que lui était un héros prêt à se battre pour défendre les intérêts de la société. Un honnête homme peut toujours ouvrir sa serviette !

— Vous, taisez-vous ! Vous n'êtes pas habilité à exiger que je montre ce que je transporte dans ma serviette ! En tant qu'avocat, je le sais parfaitement bien !

— Je peux avoir le deux pour la quatre ? demanda la caissière dans l'interphone, et le haut-parleur répercuta ses mots dans le magasin. Torsten eut l'impression que tout le monde se retournait pour le fixer du regard et que même le

163

pépiement des autres caisses s'était tu. Il fut soudain inondé de sueur. Il jeta un coup d'œil vers les portes de sortie, ressentant l'irrésistible envie de s'y ruer. Il amorça un premier pas dans ce sens, mais nuque-rougeaude avait remarqué la direction de son regard et poussa un grognement joyeux, tel un verrat qui va couvrir une truie, tandis qu'il lui barrait le passage. La caissière regarda Torsten, les mains sur les hanches, les yeux pleins de haine — elle le haïssait parce qu'il était propre, soigné et riche, tandis qu'elle-même était laide, grosse et esclave de son travail maudit.

— Appelez donc aussi par la même occasion le directeur du magasin, réussit à articuler Torsten. Ça va être... Je vous ferai renvoyer ! Vous ne me reconnaissez pas ?

La femme ne répondit pas. Elle darda son regard ailleurs, comme si toute cette histoire ne la concernait plus, ou comme si elle se délectait de tout cela, de l'avoir remis à sa place sans pitié, d'avoir arrêté la file d'attente et de voir que tout le monde devait patienter.

L'homme arriva rapidement. Il était filiforme, le visage en lame de couteau, avec des yeux de renard. Il ne lui manquait qu'un autocollant sur le front : SURVEILLANT. Il jaugea Torsten d'un rapide coup d'œil, ne laissant voir ni s'il se méfiait ni s'il ressentait une joie maligne. Il se pencha vers la caissière, l'air interrogateur, et celle-ci se mit à chuchoter, si bas que Torsten ne réussit à attraper que quelques bribes de la conversation :

— ... refuse de me montrer. Mais il a lui-même avoué qu'il avait volé....

— Vous voulez bien me suivre ? demanda le surveillant en essayant de sourire poliment. Il s'agit peut-être juste d'un malentendu qu'il serait préférable de tirer au clair...

— Vraiment ! Il y a vraiment....

Torsten se tut. En partie parce qu'il lui était pénible de continuer à débattre sous le regard inquisiteur de dizaines et de dizaines de personnes, et en partie parce qu'il se trouvait quasiment en état de choc, incapable de trouver les idées et les arguments adéquats, se sentant replongé dans un passé récent, au moment précis où il avait compris que le trio qui débouchait du hall appartenait à la police. Il prit sa serviette et suivit l'homme avec une espèce de soulagement. Celui-ci marchait résolument à ses côtés, prêt à l'empoigner. Il le pilota à travers le sous-sol jusqu'à un petit réduit où une table et deux chaises se disputaient la place.

— Asseyez-vous, je vous prie.

L'homme se contorsionna pour passer de l'autre côté de la table et s'assit. Torsten resta debout.

— Je suis Vilonen. Agent de sécurité. Et vous... ?

Torsten ne répondit pas. Il n'avait pas eu le temps de se redonner une contenance, loin de là. Il n'arrivait pas à déchiffrer les pensées du surveillant, et encore moins à choisir l'attitude à

165

adopter. Il eut recours presque instinctivement au même ton autoritaire et indigné qu'il avait utilisé précédemment.

— Je n'ai pas le temps de me prêter à cette mascarade. Ma Volvo est garée sur une zone de stationnement payant et le délai ne va pas tarder à expirer...

— C'est fort regrettable. Bien sûr, si vous le souhaitez, je vais envoyer quelqu'un remettre des pièces. Mais ce ne sera peut-être pas nécessaire si nous... Si j'ai bien compris, madame Nikkari vous soupçonne d'avoir... Vous avez vraisemblablement oublié de payer un article ?

— En ce qui me concerne, les greluches de son genre peuvent bien soupçonner tout ce qu'elles veulent....

— Et si moi aussi j'avais des soupçons ? Allons, soyez aimable, montrez-moi le contenu de votre serviette.

— Non ! Rien ne m'oblige à le faire ! Et vous n'avez aucun droit de me fouiller ! Vous n'avez aucun témoin qui m'aurait vu prendre quelque chose !

— C'est exact... Mais comme je l'ai déjà dit, il est possible qu'il s'agisse d'une erreur. Il faut tirer ça au clair, au moins par rapport à madame Nikkari. Si c'était le cas, nous vous devrions des excuses...

— Présentez-les donc.

Le surveillant effleura le dessus de la table et une lueur dure passa dans ses yeux.

— Vous, ouvrez votre serviette.

— Je vous ai déjà dit que je ne le ferai pas. Et vous n'avez aucun droit d'exercer une contrainte par corps sur ma personne, et encore moins de me priver de mes droits comme vous le faites. Il s'agit là d'une séquestration illégale. J'espère que vous en saisissez bien les conséquences ?

Le surveillant ne pipa mot. Torsten s'approcha de la table d'un air impérieux et, sentant qu'il avait fait mouche d'une manière ou d'une autre, il commença déjà à entrevoir qu'il allait se tirer d'affaire. Un frémissement de soulagement parcourut ses mollets.

— D'accord, soupira le surveillant. Compris. Alors on va procéder comme ça : vous me déclinez votre identité et le magasin informera la police judiciaire de ses soupçons. On peut régler l'affaire comme ça. Pas de problème. Je n'ai pas entendu votre nom tout à l'heure...

— Mon nom ? Qu'est-ce qui m'oblige à vous le communiquer ?

— Bon. Comme vous voudrez...

L'homme décrocha le téléphone et composa le zéro. Torsten comprit qu'il était allé trop loin et agita frénétiquement la main.

— Très bien, rétorqua-t-il, réussissant à donner des accents glacials à sa voix. Mais c'est juste pour vous permettre de comprendre qui sera à l'origine de votre lettre de licenciement... Je suis Nils Göran Hammarberg, avocat et conseil en recrutement pour la société Neste.

167

Le surveillant nota le nom, en majuscules irré-
gulières et nerveuses, et son intonation était nettement plus polie lorsqu'il demanda :

— Et votre date de naissance ?

— Trois-un, un-zéro, quatre-huit, lâcha
Torsten. Numéro d'immatriculation à la Sécurité
Sociale : zéro-sept-deux-T. T comme Torolf.

Le surveillant contempla sa feuille de papier
comme s'il venait d'accomplir un exploit. Il leva
les yeux vers Torsten et orienta la fiche de façon
à lui permettre de lire ce qui y était écrit.

— C'est ça ? Le numéro d'immatriculation est
exact aussi ?

— Bravo ! Vous ne vous êtes pas trompé !
C'est exactement ça !

— Vous êtes affirmatif ?

— Toute personne dans ma position ne peut
pas se permettre de se tromper, contrairement à
vous.

— Vous avez une pièce d'identité, ou quelque
chose d'autre... ?

— Non, dit Torsten, et c'était la vérité — il ne
prenait pas de risques inutiles avec ses faux papiers ; il ne s'en munissait que lorsqu'il avait l'intention de retirer de l'argent. C'est inutile. Ce
que je vous ai dit est exact.

— D'accord...

L'homme s'empara de nouveau du combiné et
composa cette fois le numéro d'une traite.

— Allô ? C'est encore le surveillant Vilonen,
oui, bonjour ! Vous pouvez m'envoyer quelqu'un

pour le Centrum de Hakaniemi ? Oui, à l'entrée de service, rue Paasivuori.... Rien d'extraordinaire, sauf qu'il est un peu chiant et qu'il utilise une fausse identité.

Torsten fit un pas en arrière, puis un deuxième, et se retrouva malgré lui assis sur la chaise, incapable de comprendre ce qui lui arrivait. Comment le surveillant pouvait-il savoir ?

— Comment osez-vous ? essaya-t-il, une fois que l'homme eut raccroché, mais sans parvenir à donner assez d'assurance à sa voix. Vous allez le regretter... Je suis moi ! Je suis ce que je dis que je suis !

— Vous êtes un imposteur, dit le surveillant, sans aménité cette fois. Et je mettrais ma main à couper que vous êtes aussi un voleur. On le saura tout à l'heure.

Torsten essaya de se lever, mais ses forces le trahirent soudain. Il se contenta d'écarter les bras comme s'il en appelait à une instance supérieure.

— Vous ne comprenez pas... Vous allez me détruire ! Est-ce que nous ne pourrions pas... Vous n'avez donc aucune pitié ?

— Hum ! Je ne crois pas. Cette denrée, ça fond comme neige au soleil dans ce métier.

— Écoutez-moi, mon ami. Je pourrais... Vous comprenez ce que je veux dire ?

Mais le surveillant secoua la tête et croisa les mains derrière la nuque, laissant son regard errer dans le vague comme si Torsten n'existait pas.

L'arrivée des policiers tira Torsten de sa stupeur. Il ne savait pas combien de temps l'attente avait duré. Une de ses tempes avait commencé à l'élancer, comme au début d'une migraine. Loin de s'apaiser, la douleur empirait, et une sensation nauséeuse torturait son estomac. Les policiers étaient deux, en tenue, et chacun portait à la hanche un revolver qui émergeait comme une main difforme.

— Alors, qu'est-ce qu'on a ? demanda le plus âgé.

— Celui-là utilise une fausse identité, dit le surveillant, et Torsten vit sur sa figure qu'il connaissait les policiers de longue date, qu'ils n'avaient pas besoin de parler pour se comprendre, et qu'il était inutile d'essayer de tenter quoi que ce soit pour le moment.

— Il m'a donné un numéro d'immatriculation à la Sécurité Sociale qui ne peut-être que celui d'une femme. Chez les hommes, le troisième chiffre est toujours impair... Et en plus, il semble que sa serviette soit pleine d'articles volés. C'est du moins ce que soupçonne une de nos caissières...

— Ah, souffla le policier en s'approchant ; il sentait le cuir et l'air frais. Qu'est-ce que vous avez là ?

— Je... personne n'a le droit, sur la base de simples soupçons...

— Qui vous parle de soupçons ? Il s'agit du contrôle de sécurité auquel on procède toujours avant d'embarquer quelqu'un...

Il prit la serviette, la posa sur la table, et fit

sauter les fermetures. Torsten baissa la tête. Il ressentait une douleur si aiguë qu'il n'entendit que dans un brouillard le surveillant énumérer :

— ... et une casquette. Un réveil Diplomat Quartz — prix : cent quarante-cinq... Et une culotte de femme garnie de dentelle. Hé, monsieur l'avocat, c'était pour vous ?

Les hommes éclatèrent de rire — le rire des rustres stupides qui ne comprennent rien à rien — et quand tout fut terminé, le policier qui avait gardé le silence jusque-là se planta devant lui et dit :

— Il ne s'agit pas d'un petit chapardage. On ne s'en tire pas comme ça, avec juste une amende. C'est un vol, et les affaires de ce genre, on les traite à la Police Judiciaire, à Pasila. Maintenant, levez-vous...

— Là-bas, vous aurez tout le temps de rester assis, précisa l'autre policier.

11

Une berceuse

Harjunpää s'arrêta dans le couloir devant la porte de Norri et avança la main pour appuyer sur la sonnette, mais il se ravisa, comprenant qu'en plus Norri avait un interrogatoire en cours — la machine à écrire crépitait à une telle allure qu'il devina que Norri ne se hâtait pas uniquement pour pouvoir enfin terminer sa journée, qui s'était prolongée jusqu'à une heure si avancée de la nuit, mais qu'il était content également. Peut-être était-il en train d'enregistrer les aveux du meurtrier de l'architecte ? Provenant de quelques mètres plus loin dans le couloir, un relent de cigarillo bon marché se fit alors sentir. Harjunpää en déduisit que Härkönen était encore dans son bureau. Il poussa un soupir de soulagement, fit un quart de tour et repartit au petit trot.

— Salut, lança Härkönen, et le cigarillo tressauta sur ses lèvres, si bien que des cendres se répandirent sur les photos et documents étalés devant lui. Oh merde !...

Harjunpää s'arrêta devant la fenêtre et ouvrit

le volet de l'aérateur comme s'il cherchait à gagner du temps. Le courant d'air emporta la fumée dans le couloir et apporta à la place l'odeur glaciale de la nuit qui s'intensifiait au fil des heures.

— La fuite de Torsten te travaille toujours autant ?

— Non. Enfin, il y a ça aussi, oui, dit Harjunpää d'une voix que la colère étouffait. Mais c'est surtout Bingo.

— Il a foutu le camp ?

— Si seulement il l'avait fait...

Harjunpää se rapprocha de la table et se pencha comme s'il se méfiait des oreilles indiscrètes, alors que l'étage était vide depuis plus de cinq heures.

— Mais il est dans mon bureau ! Et tellement bourré qu'il est à peine capable de se tenir assis sur une chaise...

— Je te souhaite bien du plaisir !

— Il l'a fait exprès. C'est ce qui me fout le plus en rogne. On a eu des mots... Il s'est bourré la gueule pour se venger, pour m'en remontrer à sa façon. Je l'ai vu tout à l'heure dans ses yeux. Il sait que jamais de la vie je ne...

— Mais ce qu'il ne sait pas, c'est que moi... Au fait, comment est-ce qu'il s'est démerdé pour trouver le temps de s'arrêter dans un magasin ?

— Il ne l'a pas fait. Il a trouvé dans l'armoire la bouteille d'eau-de-vie qu'on gardait en réserve, et pourtant elle était bien camouflée derrière les

173

dossiers. Il en a bu plus de la moitié, en l'espace d'une heure, avec l'estomac presque vide...

— Et voilà le travail !

— Onerva est partie un peu avant huit heures, parce que son petit ami devait venir. Je suis descendu en même temps à l'anthropométrie. À ce moment-là, il était encore sobre. Il faisait juste un peu la tête. Il devait rédiger une note de service sur Torsten et la mettre dès ce soir dans les casiers, mais que dalle...

Ils restèrent silencieux pendant un moment. Le ventilateur à la lisière du plafond bourdonnait, la machine à écrire de Norri crépitait et, au loin, dans le centre-ville, plusieurs sirènes hurlaient comme si les pompiers avaient des urgences dans tous les sens. Härkönen renifla, décrocha le combiné et commença à composer un numéro, le menton relevé crânement.

— Il l'aura bien cherché ! Les gars du panier à salade vont l'amener à la chambre rose au galop et il ne comprendra que demain matin ce qui lui est arrivé...

Harjunpää ne dit rien. Il regarda Härkönen droit dans les yeux. Celui-ci grogna et raccrocha violemment le combiné.

— Et merde, on ne va quand même pas...

— Non. Surtout quand on sait que tout va de travers pour ce gars et qu'il essaie malgré tout de s'accrocher. Ça n'arrangera pas ses affaires si on le met à la porte par-dessus le marché. De toute façon, il a un problème. Il faudrait qu'il puisse suivre une cure...

— Ici, les soins, on s'en fout. Il n'y a rien de plus marrant que le malheur des autres. Tu te rappelles Heimo, de la brigade portuaire ? Des gars en patrouille l'ont croisé l'autre jour à Kurvi. C'est devenu un vrai clodo. Il s'est approché d'eux pour leur mendier de quoi se payer une bouteille. Les gars — ils se bidonnent encore quand ils en parlent —, ils lui ont donné du fric, mais c'étaient des couronnes suédoises, et il ne s'en est pas rendu compte... Bon, pour Bingo, qu'est-ce qu'on va faire ? Moi, en tout cas, je ne me sens pas le courage de le ramener chez lui en bagnole. Si on fermait la porte à clé et qu'on le laissait roupiller ici ?

— Quelqu'un du matin risquerait de le découvrir. On n'a qu'à l'emmener discrètement dans une des chambres du sous-sol. Il doit quand même être encore assez lucide pour comprendre qu'il n'a pas intérêt à la ramener.

— O.K., on fourre le bonhomme dans un plumard et on lui remonte la couverture jusqu'aux oreilles.

Härkönen écrasa son cigarillo. Ils sortirent dans le couloir, jetèrent un coup d'œil un tantinet coupable vers la porte de Norri et la dépassèrent avec une rapidité inhabituelle. Harjunpää dit en chuchotant presque :

— Il y a autre chose qui me chiffonne aussi. Prends d'un côté le cas de ce Heimo, par exemple, ou d'Alpo Saarinen, ou de Bingo. Et de l'autre, prends Jukkala. Il tète depuis Dieu sait quand, et chaque nuit on le ramasse dans un bistro ici ou là pour le reconduire chez lui... Mais personne n'en parle, on ne lui fait pas la moitié d'un reproche.

— Tu oublies son poste ! s'esclaffa Härkönen. Mais crois-moi, lui aussi il va valser, et dans le courant de l'année, même. C'est Luoto qui met un voile sur tout ça. Il craint que quelqu'un de l'extérieur se récupère la place et qu'elle lui passe sous le nez. Mais maintenant que Ryynänen va prendre sa retraite et que Seppo Ilola va revenir de l'école des officiers et mettre le doigt dessus, on va en parler bientôt des pochetronneries de Jukkala, et pas à demi-mot, crois-moi !

Seule une lampe de bureau était allumée dans la pièce. Bingo était assis, le visage bouffi, les joues écrasées contre ses poings, et la lumière qui l'éclairait de biais le faisait ressembler à un gigantesque hibou harcelé par des corneilles.

Il cligna des paupières et se mit à fixer les arrivants comme si ses yeux avaient du mal à faire le point.

— J'ai cru que c'étaient des pelures qui rappliquaient, coassa-t-il avec un sourire qu'il essaya de rendre narquois. Mais ces gamins ne seraient pas assez gonflés...

— Ce n'est pas parce qu'ils ne sont pas assez gonflés, dit Härkönen. C'est parce que tu n'es qu'une putain d'épave. Lève-toi...

— Eh-ho !

— Lève-toi, Veksi. Tu vas aller te coucher. Et demain matin, tu iras à l'infirmerie et tu diras que... Tu diras que tu veux suivre une cure.

— Ou si tu as vraiment de la cervelle, tu donneras ta démission. Ou tu demanderas au moins ta mutation pour le trou du cul de l'enfer. Bon, on y va...

Bingo repoussa leurs mains d'un geste brusque et se leva sans leur aide. Après quelques pas mal assurés, sa démarche était presque normale et il dit avec une certaine tristesse dans la voix :

— Moi, j'aurais bien aimé qu'on soit toute une bande... Une bande de potes qui iraient prendre des bières ensemble. On serait rien qu'entre hommes. On se raconterait des tas de trucs marrants...

Le niveau K était situé dans les profondeurs du sous-sol et on le sentait quand on s'y trouvait, même si on ne le savait pas. Le silence n'était pas absolu — de l'autre côté des portes en acier, les craquements des relais et un chuintement monocorde se faisaient entendre — mais malgré tout, ce n'était pas comme en haut. C'était plus ancien, en quelque sorte. Et l'air pulsé par la soufflerie avait beau être sec, on avait quand même l'impression de se trouver proche de la roche, la roche ancestrale qui suintait l'humidité. Harjunpää était en train de rattraper les autres dans le couloir qui menait aux chambres d'appoint — il était allé chercher la clé à la permanence, prétendant qu'il voulait passer la nuit dans la maison. Ils étaient encore loin, mais il entendit Bingo faire le fier-à-bras :

— On ne serait pas en train d'aller là-bas si c'était pas moi qui voulais y aller ! Pour ça, il m'en reste encore assez dans les...

— Tu oses la ramener maintenant ! s'esclaffa Härkönen. C'est sûr, en haut, c'était pas la même chose ! Quelqu'un aurait pu t'entendre !

— Oui, j'ose ! Mais ça n'a aucun rapport ! Et y a pas que ça que j'ose !

Comme pour confirmer ses propos, Bingo s'arrêta et écarta les pieds, cherchant à prendre appui contre le mur, mais il se retrouva impuissant devant les deux hommes — sans le rudoyer vraiment, Härkönen et Harjunpää le forcèrent facilement à se remettre à avancer. Ils continuèrent à marcher à vive allure et Harjunpää se dit que le ton de Bingo ne lui avait pas laissé penser qu'il cherchait réellement la bagarre. Il avait plutôt eu l'impression que Bingo avait eu une crise d'angoisse soudaine pour une raison qu'il ignorait.

Ils s'arrêtèrent devant la porte de la dernière chambre et Harjunpää se mit à fourrager dans la serrure.

— Parce que moi, j'ose penser, en plus, lâcha Bingo à bout de souffle. Et à des choses auxquelles vous, vous n'osez pas penser... Toi, Harjunpää, prends la liste de ces femmes. Celle où il y a toutes les Helena et les Vuokko et les autres. Et lis-la un peu mieux. Et fais un peu travailler tes méninges...

Harjunpää finit par ouvrir la porte et alluma la lumière. Härkönen posa ses mains sur les épaules de Bingo et s'efforça de le pousser à l'intérieur.

— Y a le plumard qui t'attend...

— Il a qu'à attendre, merde ! J'veux d'abord qu'on tire cette affaire au clair !

Sans prévenir Bingo écarta bras et jambes et se cramponna fermement au chambranle.

— Mais si, il t'attend ! s'écria Härkönen. Il saisit Bingo par la taille, pivota brutalement et le tira à l'intérieur, le dos en avant, le projetant dans le même élan vers la couchette en bois.

— Onerva répond exactement aux mêmes critères que les autres ! Et toi, mon fumier...

Le genou de Bingo partit, puis son poing. Harjunpää claqua la porte derrière lui et bondit à la rescousse. La couchette heurta le mur avec un craquement. La pièce se retrouva pleine de halètements, de grognement et de jurons, et l'air se chargea d'une odeur rance d'alcool et de sueur.

— Et voilà !

Härkönen maintenait Bingo sur le lit par les épaules, un genou contre ses reins. Harjunpää reprit son souffle au centre de la pièce, sans lâcher Bingo des yeux, incapable de mettre un nom sur ce qu'il éprouvait en cet instant. Le visage de Bingo était tourné dans sa direction mais enfoncé si profondément dans l'oreiller qu'on aurait dit qu'il ne lui restait plus que la moitié de la tête — exactement comme le laveur de carreaux qui était tombé du sixième étage au mois de janvier et qui avait continué de respirer, par une sorte de réflexe. Un jeune médecin qui passait par là fortuitement avait essayé de le ranimer, puis avait fondu en larmes. Les curieux rassemblés en cercle autour d'eux avaient éclaté de rire. Harjunpää frémit, mal à l'aise. Il se dit que c'était déjà la deuxième fois que Bingo suscitait en lui ce genre d'image. Il aurait soudain voulu toucher Bingo, lui dire quelque chose de conciliant, mais il n'en fut pas capable et se contenta de grommeler :

— Bon sang, essaie au moins de comprendre où est ton intérêt !

— Et vous, essayez de comprendre où est l'intérêt d'Onerva, gronda Bingo. Il tenta de se relever de force, mais ne réussit pas à échapper à l'étreinte de Härkönen. Dites-vous bien que si cet homme s'est fait passer devant toutes ces femmes pour un type obligé de voyager beaucoup, c'est pour se donner le temps d'en arnaquer plusieurs à la fois ! Et qui c'est qui sort avec un mec pile comme ça ? Qui ? Vous n'osez pas regarder la vérité en face !

— Maintenant tu la fermes ! cracha Harjunpää. Il était soudain fou de rage, mais en même temps saisi d'une inquiétude incompréhensible.

— C'est Onerva qui sort avec un mec comme ça ! Elle se fait baiser par un guignol de ce genre...

— Ta gueule ! Je le connais, ce Morten. C'est un homme comme les autres, il est correct...

— Correct ? C'est comme ça qu'il est avec toutes ! Un vrai gentleman. Et ce nom, Morten, dis-moi ! Pourquoi pas Torsten, tant qu'à faire ? Ça vous emmerde, les mecs ? L'orgueil en prend un coup quand on apprend qu'on se fait entuber depuis tout ce temps ?

Harjunpää se rapprocha de la couchette, pris d'une violente envie de se jeter sur Bingo, de le battre comme plâtre. Mais il se contint, marcha de long en large à petits pas presque comiques et répliqua avec difficulté, les mâchoires crispées :

— Si tu tombes amoureux de quelqu'un... et si ce quelqu'un ne partage pas tes sentiments... tu n'es pas obligé de te venger, de tout démolir. Aime-la encore plus ! Aime-la assez pour la laisser tranquille !

Il s'éloigna, inspira profondément, et ajouta encore :

— Et puis tu as Marketta. Tu devrais faire un effort. Pour elle. Tu devrais sérieusement essayer de te réconcilier avec.

— C'est une pute ! Je ne... Avec elle...

Bingo tourna la tête de façon à enfouir complètement son visage dans l'oreiller. Les mots qui suivirent leur parvinrent comme assourdis, venant de lointaines profondeurs : « Les putains volent tant qu'elles ont des ailes. Et d'ailleurs ça n'a aucun rapport avec tout ça... »

— Mais si ! dit Härkönen, le visage méconnaissable. Tu devrais regarder toi-même la vérité en face puisque c'est ce que tu nous rabâches tout le temps... Tu n'as pas commencé à picoler parce

181

que Marketta est partie. Marketta a foutu le camp parce que tu te bourres la gueule, parce que tu la cognes depuis des années chaque fois que tu es saoul. Au cas où tu ne serais pas au courant, ma femme travaille elle aussi à la mairie... Allez, on s'en va, Timo.

Härkönen se redressa et lâcha Bingo. Celui-ci ne bougea pas d'un pouce. Il resta allongé comme s'il était bizarrement tétanisé.

— Et laisse Onerva tranquille, je te préviens, dit Harjunpää d'une voix sourde. Et ne lui parle plus de Morten. Pas la moitié d'un quart de mot. Ni aux autres, ni à personne.

— Et si j'en avais déjà parlé ?... À Vauraste, par exemple...

Harjunpää se figea, le visage dur, les yeux plissés. Ses narines frémirent. Puis il éteignit la lumière et referma la porte derrière lui. Il rattrapa rapidement Härkönen et ils pénétrèrent dans l'ascenseur, sans échanger un mot.

— Tu le connais vraiment, ce Morten ? demanda Härkönen lorsqu'ils arrivèrent devant la porte du bureau de Harjunpää.

— Non. Comment diable veux-tu que je le connaisse...

Il évita le regard de Härkönen, contourna son bureau et commença à empiler les papiers que Bingo avait laissés en vrac. Il savait que Härkönen se tenait toujours sur le seuil et qu'il l'observait. Il savait également à quoi celui-ci pensait. Lui-même pensait exactement la même chose, il se sentait comme les muqueuses de sa gorge quand il souffrait d'une angine.

— Tu restes ?

— Non. Tout seul, on ne fait que bricoler. Et en plus j'ai la tête qui va exploser. Comme si j'avais la gueule de bois.

Härkönen se tut, le temps que Harjunpää finisse de ranger les papiers dans le tiroir, et dit ensuite sans trop s'avancer :

— Il faudra se débrouiller pour vérifier....

— Oui. Mais toi, ne te mêle pas de ça. J'y réfléchirai plus tard. Pour le moment, je n'en ai pas la force...

12

La pénombre

Onerva appuya son visage contre la grille de l'aérateur et l'air du dehors lui parut comme de l'eau glacée. Il lui picota la peau. De là, elle voyait tout différemment, sous un angle beaucoup plus restreint et en vert moustiquaire, et elle se dit que c'était peut-être comme ça quand on n'appartenait pas au monde animal à l'instar des êtres humains, quand on était un arbre ou un mur d'immeuble ou une pierre couverte de mousse. Et elle savait qu'il était déjà trop tard, qu'il n'y aurait pas de taxi qui monterait jusqu'à la cour en découpant des trous lumineux dans la haie avec ses phares.

Elle referma l'obturateur et se retourna, le visage glacé. Morten n'était pas venu parfois, contrairement à ce qu'il avait annoncé, même si cela ne s'était pas produit souvent, et jamais sans qu'il ne la prévienne. Mais des circonstances face auxquelles l'homme se retrouvait désarmé pouvaient survenir, des empêchements pouvaient surgir, on n'avait pas toujours la possibilité de téléphoner

ou d'envoyer un télégramme. Elle passa silencieusement dans le salon. Une seule lampe était allumée, de sorte que la pièce était plongée dans la
pénombre. Et la pénombre était semblable à la
déception qu'elle ressentait, n'empêchant pas de
voir ce qui existait mais ayant elle aussi sa propre
existence, alors on ne pouvait que l'accepter et
s'endormir en son sein, sachant que lorsque l'on
se réveillerait, au matin, elle aurait disparu.

Onerva alluma la radio pour écouter le bulletin
d'informations de la soirée. Il regorgeait de mal-
heurs, mais pas du genre de ceux qu'elle redoutait
— pas de catastrophe aérienne, pas de carambo-
lage monstrueux, pas d'enfant écrasé par le train
à Kulju —, et pourtant l'inquiétude continuait de
la ronger, indéfinissable, la poussant à déambuler
d'une pièce à l'autre, et tout en allant et venant,
elle se déshabillait petit à petit, ne posant qu'un
vêtement à la fois au bout de son lit, effleurant
au passage le fauteuil où Morten préférait s'asseoir. Elle s'arrêta devant le miroir de l'entrée
plongée dans l'obscurité. Elle se regardait sans se
voir réellement. Le miroir ne reflétait qu'une
forme claire, comme si elle se penchait au-dessus
de la mer et voyait un cadavre flotter entre deux
eaux. Mais elle n'alluma pas la lumière. Elle savait que cela n'arrangerait rien. Elle savait qu'elle
verrait les cheveux ternes et les boucles défraî-
chies, le visage et la bouche défaits, les yeux sans
joie et les cernes qui les bordaient. Elle verrait les
seins flétris, les vergetures qui luisaient comme

des griffures faites par un gros chat, et les hanches trop larges, et les cuisses qui paraissaient appartenir à un autre corps.

Onerva baissa la tête en se disant qu'elle se comportait comme une jeune fille prépubère, mais elle ne s'éloigna pas pour autant, se disant que le miroir aurait dû refléter une image différente, sans savoir ce qu'elle aurait souhaité y voir. Quoi qu'il en soit, elle avait l'impression d'être toujours trop fatiguée et, par conséquent, trop souvent encline à critiquer, trop accaparée par ses soucis et donc trop occupée pour être disponible. Il lui semblait qu'il ne lui restait plus de place pour quelque chose de bon, quelque chose qu'un autre être humain rechercherait. Elle baissa la tête, de plus en plus. Elle savait d'où venait son inquiétude : mardi dernier, Morten avait été fatigué, et à un moment donné il avait évoqué son ex-femme en des termes qui lui avaient fait mal, qui avaient fait germer des soupçons en elle, mais elle n'avait pas voulu approfondir la question. Et puis quelque part, il y avait aussi les insinuations perfides, même si elles étaient trop isolées pour les atteindre vraiment, Morten et elle — mais elles étaient quand même là, et elles révélaient que les gens n'attendaient et n'espéraient que du malheur et des échecs, mais en aucun cas le droit de vivre dans un tendre bonheur, ni rien où se blottir pour pouvoir échapper au monde.

Elle se rendit dans la cuisine, se pencha au-dessus de la table et souffla la bougie. La fumée s'éleva vers le plafond en un mince filet, comme une pensée n'appartenant à personne et allant se perdre dans le néant. Onerva resta debout et pressa ses poings contre son ventre, fortement, comme si elle essayait désespérément de ne pas se laisser sombrer, se sentant soudain si seule — non pas qu'elle eût souhaité avoir quelqu'un à ses côtés, sentir quelqu'un la toucher, l'entendre respirer — mais comme si elle n'appartenait à rien ni à personne et allait se perdre dans le néant, comme si elle n'existait que par ses propres pensées et que lorsqu'elle dormait, elle cessait d'exister.

13

La nuit

Dans quelques minutes il serait deux heures et Harjunpää ne dormait toujours pas. Il était allongé tout contre Elisa pour sentir sa chaleur, mais il gardait les yeux ouverts et fixait la nuit par l'interstice entre les rideaux. Une fois de plus, il entendit la chaudière se remettre en marche dans la chaufferie et vit la fumée monter en une colonne dense dans la nuit glaciale : encore un quart d'heure s'était écoulé et le matin s'était rapproché d'autant. Il ferma les yeux et essaya de se concentrer sur la respiration d'Elisa et sur le souffle ensommeillé de ses filles — mais ses préoccupations demeuraient inchangées et refusaient de le laisser en paix. Il avait la sensation indéfinissable que tout n'était pas comme il fallait, que de l'obscurité émanait une sorte de menace, qu'il avait omis de faire quelque chose, ou qu'il avait commis une erreur à un moment donné.

Il posa les pieds par terre et se leva aussi silencieusement que possible. Mais ce genre de précaution était inutile, il aurait dû le savoir.

— Qu'est-ce que tu as ? demanda Elisa d'une voix lourde de sommeil.

— Je n'arrive pas à m'endormir.

— Encore !

— Je n'y peux rien. Est-ce qu'il reste une bouteille de bière ?

— Oui. Écoute-moi...

Pipsa se retourna dans son lit-cage, si fort que les côtés claquèrent bruyamment, tâtonna un instant, retrouva sa tétine et un faible bruit de succion commença à se faire entendre.

— Oui ?

— Est-ce que tu ne devrais pas aller voir le docteur ? Tu pourrais lui demander un léger...

— Pour qu'on dise que je débloque...

Elisa poussa un soupir et enfouit sa tête dans l'oreiller. Harjunpää sortit de la chambre. Le plancher craqua comme il le faisait toujours en hiver, mais uniquement sous le pied d'un adulte.

Il connaissait par cœur le chemin qui menait au rez-de-chaussée, même dans le noir, et n'alluma que la petite ampoule du vestibule. Mais il ne se dirigea pas vers le réfrigérateur. Il fit silencieusement le tour complet de la pièce, vérifiant qu'il n'avait rien laissé se consumer lentement dans le cendrier, que la cafetière était éteinte, que la prise du fer à repasser n'était pas restée fichée dans le mur. Il secoua par précaution la poignée de la porte d'entrée et n'éteignit qu'ensuite la lumière avant de remonter. Mais l'anxiété n'avait pas lâché prise. Elle avait seulement pris une au-

189

tre direction — maintenant, il se disait qu'il aurait
dû se trouver dans son bureau pour faire quelque
chose, il ne savait pas quoi, mais qu'ainsi il aurait
pu empêcher une fatalité de se produire.

— Je pense que vais parler à Norri, en fin de
compte, chuchota-t-il une fois revenu dans le lit.

— Mais, chéri — comment est-ce qu'il pourrait
t'aider ? Tu devrais aller...

— Je ne parlais pas de ça...

Elisa se tut un long moment avant de dire finalement d'une voix douce :

— Oui. J'ai quand même l'impression que tu
sous-estimes beaucoup trop Onerva.

— Non. Certainement pas. Mais elle est devenue un peu comme une sœur pour moi, et je ne
voudrais pas... Je crois plutôt que c'est l'autre ordure que je sous-estime.

Elisa inspira, comme si elle avait l'intention
d'ajouter quelque chose, mais elle se contenta de
lui toucher la main sous la couverture.

14

La crise cardiaque

Le pire était la fenêtre. Elle était presque aussi large que la cellule, mais grise comme l'œil d'un sandre mort. On ne pouvait rien voir à travers. Elle était là, et pourtant elle n'existait pas. Torsten s'arrêta sous le carreau et le toucha. Ce n'était pas du verre mais du plastique épais. La fenêtre avait agacé un autre détenu également : on avait essayé d'y brûler des trous avec une cigarette, mais en vain, avec pour seul résultat d'y laisser des marques grumeleuses semblables à des crachats gelés sur un trottoir.

Et puis il y avait l'odeur. Elle devait même imprégner les vêtements. Et ce n'était pas l'un des composants de l'air, c'était l'air lui-même, qui avait déjà forcément circulé dans les bouches et les boyaux de dizaines de personnes, et ces gens-là, sales et malades, appartenaient à coup sûr à la lie de la société, étaient de ceux dont les agissements suintaient la stupidité, la cupidité, la cruauté et le sang. Il essaya une fois de plus de respirer par la bouche, mais ce n'était pas mieux.

Au contraire : il avait l'impression d'ingurgiter des portions de cette impalpable bouillie.

Torsten pivota et avança jusqu'à la porte, puis revint sur ses pas, et les pensées se mirent à danser dans sa tête, précisément celles dont il ne voulait pas, celles dont il croyait avoir enfin fait le tour au petit matin. Celle qui prédominait concernait la prison. La prison n'était pas différente de cette cellule. Sa fonction était identique. Mais elle était mille fois pire, parce qu'elle constituait un ensemble défini, et qu'il lui faudrait y rester longtemps, peut-être des années si l'on découvrait tout. Et pendant des années, il ne serait entouré que de murs, de fenêtres opaques et de brutes détenant un pouvoir absolu et jouissant de faire marcher à la baguette ceux qui leur étaient supérieurs. Torsten s'arrêta, pressa ses mains sur ses tempes. Quelque chose trembla en lui, et il sut qu'il ne supporterait pas l'enfermement. Il se briserait là-dedans puis se métamorphoserait d'une manière ou d'une autre. Ses lèvres remuèrent. Il était sur le point de prier pour qu'on ne découvre pas ses liens avec Helena et Vuokko, pour qu'il ne tombe pas sous les yeux de personnes qui le reconnaîtraient au cours de sa détention.

Il tendit la main vers la sonnette encastrée dans le montant de la porte, mais changea d'avis momentanément. Il emplit ses poumons d'air et bloqua sa respiration, la bouche ouverte, concentrant toute son énergie dans ses yeux, et il sentit comme ils s'arrondissaient, comme ses tempes gonflaient, comme le sang affluait sur son visage et comme le cœur se mettait à cogner avec frénésie. Il se relâcha, laissa ses poumons se vider et appuya sur la sonnette. Le haut-parleur protégé par une plaque d'acier grésilla et le gardien grogna :

— Qu'est-ce qu'il y a ?

— J'ai mal à la poitrine... Il faut que je puisse... J'exige...

Le gardien ne répondit pas. Il feuilleta des papiers — on distinguait nettement le froissement qu'ils produisaient. Puis il dit :

— Vous avez déjà été vu par le médecin de permanence. Et il ne vous a prescrit aucun médicament...

La bouche de Torsten se crispa. Cette nuit, il avait été persuadé qu'ils feraient venir une ambulance et qu'il aurait peut-être pu saisir sa chance, mais ces rats avaient appelé un médecin, et celui-ci avait fait preuve d'une rigueur intransigeante.

— Mais maintenant j'ai beaucoup plus mal, gémit-il en haletant. C'est vous qui serez tenu pour responsable si...

— Il est pile huit heures. Notre infirmier va arriver et il passera vous voir. Il rappellera le docteur si c'est nécessaire. D'ailleurs, les inspecteurs sont déjà au boulot. Je peux les prévenir si vous le voulez.

— Prévenez-les donc. Et dites-leur de se dépêcher s'ils veulent que je sois encore en état d'être interrogé...

— Ouais, je leur dirai.

Torsten continua à fixer encore pendant un moment la porte en acier. Elle comportait un guichet par lequel on passait la nourriture, comme pour un animal dangereux. Au-dessus du guichet se trouvait un œilleton de la taille d'une pièce de monnaie, et à côté, un graffiti : « En cas d'incendie, brisez la vitre et faufilez-vous dehors. » Ça le fit rire, en dépit des circonstances. Peut-être parce qu'il avait l'impression d'avoir déjà réussi à ébrécher le carreau.

Il se retourna et alla jusqu'au lit — c'était une avancée en béton scellée dans le mur, avec un matelas en caoutchouc mousse, un oreiller et une couverture. Il prit sa veste et commença à la secouer avec une grimace de dégoût pour en chasser les saletés et l'odeur. Dans l'ensemble, la situation se présentait mal. C'était vrai. Mais il était vrai aussi qu'elle aurait pu être pire — pour l'instant, les policiers ne connaissaient toujours pas son identité. Ils l'avaient interrogé le soir, longtemps et sans relâche. Ils avaient vérifié les renseignements qu'il leur avait fournis, et ils avaient affirmé que Nils Göran Hammarberg n'existait pas. Mais il n'avait pas cédé. De son côté, il avait soutenu — outré et abasourdi comme de bien entendu — que les fonctionnaires qui tenaient les registres avaient commis une erreur. Et son entêtement, ses bonnes manières et sa tenue vestimentaire avaient fini par les impressionner — ils étaient allés chercher un commissaire qui l'avait quasiment supplié de leur décliner sa véritable identité. En vain, bien évidemment. Mais en même temps, il était ressorti de tout cela qu'ils le tenaient maintenant pour un voleur ingénieux, et il avait compris que s'il révélait son nom et son adresse véritables, ils se rendraient chez lui sur-le-champ pour y perquisitionner, à la suite de quoi il serait incarcéré sans tarder. Pour l'instant, sa garde à vue semblait manifestement n'être qu'une sorte de mesure d'urgence, juste provisoire en tout cas. Et il avait décidé qu'elle le resterait. Bien sûr, il n'avait pas encore ourdi de plan détaillé et, bien sûr, le hasard allait jouer un rôle important — mais quand les hasards ne se produisaient pas spontanément, il fallait savoir les provoquer.

Les verrous claquèrent. Torsten s'adossa rapidement contre le mur et porta la main au niveau de son cœur. En premier lieu, il ne vit que le gardien. Celui-ci jeta prudemment un coup d'œil par l'entrebâillement, et après s'être assuré qu'on ne s'apprêtait pas à lui sauter dessus, il débloqua entièrement les verrous et ouvrit la porte en grand. Torsten vit alors le policier. Ce n'était pas le même homme que la veille au soir. C'était un jeune, presque un gamin, l'air inexpérimenté, qui se faisait pousser une moustache blonde.

— Ça y est, on se souvient de son nom ? demanda celui-ci sans ambages, comme s'il avait participé aux interrogatoires. Torsten le gratifia d'un long regard dédaigneux dans lequel il réussit à faire apparaître un tremblement douloureux.

— Vous le savez déjà. Mais est-ce que vous savez également que mon cœur est ischémique ?

— Ici, il y en a plus d'un qui a les muscles qui deviennent ischémiques...

— Je ne plaisante pas, dit Torsten d'une voix glaciale en s'engageant dans le couloir. Et vous non plus, vous ne plaisanterez plus quand il vous faudra répondre de votre comportement et de vos actes devant le ministère public.

Cela fit de l'effet. Cela faisait toujours de l'effet sur les fonctionnaires de tout poil. L'homme évita son regard et se contenta de marcher à ses côtés sans mot dire. Ce ne fut que lorsqu'ils eurent quitté la zone des cellules qu'il murmura :

— On vous avait bien proposé d'aller chercher vos médicaments chez vous, mais comme on ne savait pas à quelle adresse...

Ils arrivèrent dans un lieu différent de celui où il avait été conduit la veille. Cette fois-ci, ils se trouvaient visiblement dans la zone des bureaux. Le couloir était long. Il semblait se prolonger indéfiniment. Des deux côtés s'étendaient des pièces d'où parvenaient des bourdonnements de voix et des crépitements de machines à écrire, et une odeur de café flottait dans l'air. De nombreuses personnes circulaient en tous sens, toutes en civil, de sorte qu'on ne pouvait pas distinguer les policiers des clients. Torsten regardait sans arrêt autour de lui, furtivement, prêt à détourner son visage ou à le baisser à tout moment — mais il regardait aussi autour de lui pour une autre raison. Il mémorisa l'accès aux W.-C., à l'ascenseur, et repéra une porte encadrée de bleu qui donnait apparemment sur des escaliers. Une partie de son esprit évaluait sans cesse la situation, une autre lui chuchotait que le moment n'était pas encore venu, qu'il y avait trop de monde.

— Par ici...

Torsten entra. Le bureau était celui de n'importe quel fonctionnaire subalterne. Il contenait une armoire à dossiers, deux chaises en matière plastique, un bureau, et derrière le bureau, le préposé lui-même, la trentaine environ, affichant une expression bonhomme qui n'était qu'un faux-semblant.

— Inspecteur Kurkela, se présenta celui-ci en se levant et en tendant la main. Torsten ne la prit pas, s'assit sans y avoir été invité, massa sa poitrine et lâcha avec lassitude :

— Nils Hammarberg...

L'homme eut un bref sourire pincé et le jaugea avec circonspection comme s'il se trouvait en face d'un objet étrange — il avait l'air dangereux d'une certaine manière, pas du genre à taper du poing sur la table mais à atteindre son but par des voies détournées.

— Est-ce qu'il ne serait pas plus raisonnable d'admettre maintenant que cette comédie a assez duré ? demanda-t-il. C'est à vous-même que vous causez le plus de tort.

— Je ne joue pas la comédie ! Je suis très sérieux. Et pour vous aussi, cela va le devenir...

— Dites-moi alors qui vous êtes.

— Nils Hammarberg.

— Vous savez aussi bien que moi qu'il n'existe aucun Nils Hammarberg.

— Vraiment ? Et pourtant je suis assis là.

— Oui, vous êtes assis là, mais vous n'êtes pas Hammarberg.

— Alors je ne suis personne et vous n'avez arrêté personne.

L'homme prit une profonde inspiration, grimaça avec dégoût et entreprit de se curer les dents avec le bout de sa langue.

Torsten regarda par la fenêtre. Elle donnait sur le mur d'en face. Visiblement, il faisait partie du même bâtiment, comme si l'ensemble formait une spirale sans fin, une prison — et c'est bien ce dont il s'agissait pour ce Kurkela, même s'il n'en avait pas conscience. Mais d'un autre côté, Torsten se dit que, lorsque le moment serait venu, il ne faudrait pas qu'il emprunte trop longtemps le même couloir.

— Je comprends très bien que vous vous inquiétiez entre autres de la façon dont vos collègues risquent de réagir par rapport à ce qui vous arrive, commença posément Kurkela, comme si les propos échangés précédemment n'avaient jamais été prononcés. Il fixait ses propres mains, comme s'il ressentait lui-même la honte que Torsten était censé éprouver. Et j'espère que vous, de votre côté, vous comprenez que plus l'affaire se complique, plus elle va devenir embarrassante. Si tout avait été réglé hier soir, vous auriez pu partir, et vous seriez maintenant sur votre lieu de travail. Mais à présent vous vous êtes également rendu coupable de refus d'obéissance aux autorités... Soyez raisonnable et réfléchissez.

Il releva les yeux et ajouta :

— En attendant, parlons un peu de votre serviette et de son contenu...

— Il n'y a rien à en dire. Cette serviette ne m'appartient pas. J'ai déjà expliqué qu'elle a dû être échangée contre une autre à cause de la cohue qui régnait dans le magasin. Relisez vos papiers. Et à ce propos, quelles mesures comptez-vous prendre pour que je puisse récupérer la mienne ?

— O.K...

Kurkela claqua des doigts, et le jeune policier qui était resté près de la porte obéit comme un chien et s'approcha.

— Oui ?

— Emmène monsieur à l'Identité. Je pense que des noms, on finira bien par en trouver, au moins avec les empreintes...

Le cœur de Torsten se mit à cogner plus fort. Mais ce n'était pas uniquement à cause de la menace. Il y avait aussi de l'espoir dans ces palpitations, un pressentiment favorable.

— Venez...

Il commença à se lever, mais cela lui fut difficile. Il dut rester un moment dans une position intermédiaire, à se masser la poitrine.

— Vous allez me tuer, geignit-il. À cause de votre bêtise...

Ils reprirent le couloir dans le même sens, s'éloignant de plus en plus des cellules, et en dépit de la tension qui augmentait au fur et à mesure, Torsten ressentit soudain la fatigue. Mais ce n'était pas de l'épuisement, c'était plutôt comme une espèce de drogue qui circulait dans ses veines, ou comme une seconde peau qui masquait ses pensées, leur évitait de s'afficher au grand jour, empêchait le policier de les deviner.

Ils dépassèrent bien des portes et des gens et des voix et encore des portes et des intersections. Ils marchèrent longtemps, probablement à travers tout le bâtiment, atteignirent enfin les ascenseurs et entrèrent dans l'un d'eux. Le policier sortit de sa poche un badge en plastique blanc et l'introduisit d'un coup sec dans le lecteur placé à côté du panneau de commande. Une lumière s'alluma et l'ascenseur se mit à dégringoler vers le bas. Juste le temps de sentir son estomac se décrocher et ils étaient arrivés. Ils se trouvaient dans un couloir à peu près identique à celui qu'ils venaient de quitter. Torsten commença à respirer plus difficilement. Des pas claquèrent quelque part et, tout près d'eux, un battement se faisait entendre, comme une machine à polycopier en train de tourner. Mais personne n'était en vue.

— Par ici.

— Pas si vite... Je... S'il vous plaît...

— Si vous y aviez mis un peu du vôtre, personne ne serait en train de se presser maintenant.

— Vous ne comprenez pas... Je... ma poitrine...

Torsten agrippa sa poitrine à deux mains, essayant en même temps d'ouvrir les boutons de sa chemise. Son visage devint écarlate, les veines se gonflèrent sur les tempes. Il tendit la main et balaya l'air en direction du policier.

— Aidez-moi...

Le policier n'eut pas le temps de le retenir. Il s'affaissa contre le mur, glissa sur les genoux, et eut encore la force de balbutier :

— Notre père... accepte dans ton...

— Hé ! Qu'est-ce qui vous...

Torsten ne put répondre. Il s'écroula sur le flanc. Sa tête heurta le sol avec un léger bruit de choc. Seules ses mains bougeaient encore. Elles labouraient sa poitrine comme pour essayer de dégager quelque chose, frayer un passage à cette chose. Le policier s'accroupit. Il déboutonna la chemise de Torsten avec des gestes précipités et tira à plusieurs reprises sur son pantalon pour le faire descendre. Il essaya de le masser, de le ranimer, mais son affolement lui ôtait tous ses moyens.

— Au secours ! rugit-il, mais sa voix ne portait pas loin. Le battement de la machine l'absorbait. Il se remit debout d'un bond, cria encore, s'élança au pas de course, s'arrêta et repartit finalement dans l'autre sens. Il disparut au détour du couloir

201

en criant encore. Torsten n'attendit pas une seconde de plus. Il se mit à genoux et se redressa lestement, tourna derrière l'angle opposé, malmena quelque peu une porte brune à deux battants avant de réussir à l'ouvrir et se retrouva dans un autre couloir, derrière une porte vitrée — de l'autre côté de la porte se dessinait un hall teinté d'une lueur blafarde par la lumière du jour.

15

Vendredi matin

Harjunpää s'installa près de la fenêtre de façon à ne pas voir les autres. Et surtout de façon que les autres ne le voient pas, ne puissent pas lire sur son visage. Maintenant, il avait honte d'avoir crié. Cela n'avait rien résolu, évidemment. Et cela ne l'avait même pas soulagé. Cela lui avait seulement permis de comprendre que sa colère était due au moins pour moitié au fait qu'il avait lui-même cafouillé — il ne lui était pas venu à l'esprit de lancer un avis de recherche contre Torsten avec tous ses multiples faux noms, et hier soir, il n'était pas non plus resté pour terminer la note de service que Bingo avait vaguement commencée. S'il avait fait ne serait-ce qu'une de ces deux choses, le collègue de la Répression des Fraudes qui avait assuré la permanence de nuit aurait eu l'idée de les contacter.

— Mais ça paraissait tellement vrai, répéta Salin encore une fois, et Harjunpää savait sans le regarder à quel point il avait l'air malheureux. Et en plus, il s'était déjà plaint de sa poitrine. Même que le médecin était passé...

203

— Laisse tomber, lâcha Kurkela, bien qu'il essayât de paraître calme. Ce qui est fait est fait. Il ne sera ni le premier ni le dernier sur terre à s'être évadé. Il se trouve seulement que c'est le premier pour ici... Mais il faut quand même dire que le jour où on a emménagé dans ces locaux, on a bien fait remarquer qu'on était obligé de trimbaler les types à travers tout le bâtiment pour les conduire à l'Identité...

— Et dire que j'ai même pas pensé à décommander l'ambulance ! Les gars courent avec leur civière, et moi...

— Laisse tomber. Tu as fait de ton mieux. D'ailleurs les patrouilles ont reçu immédiatement son signalement... Alors, Harjunpää, qu'est-ce qu'on fait ?

— Pour ce qu'on va pouvoir faire...

Harjunpää se retourna. Son visage était presque redevenu normal, mais il bouillait encore si fort intérieurement qu'il aurait préféré ne pas avoir à s'exprimer. Anguleux, les mots dégringolèrent de sa bouche :

— Enregistrez ça au titre d'une évasion de prisonnier. Et lancez un avis de recherche de votre côté. Et nous... Putain, qu'est-ce que ça peut me faire chier ! Il nous avait déjà échappé hier ! C'est comme si tout était de son côté, tout ce monde de merde, comme si ses agissements étaient approuvés en secret....

— Arrête, arrête, marmonna Kurkela, comme s'il se réjouissait d'une certaine façon que Harjunpää soit encore plus contrarié que lui. La paye tombera comme avant. Et la vérité, c'est que ce type est un sacré vicelard. Je dois avouer que j'ai cru jusqu'au bout que c'était vraiment une grosse légume. Quand tu penses qu'il n'a même pas craqué devant Jussi, le soir. Il devait déjà préparer son coup... Mais devine la meilleure !

— Quoi ?

— Il n'arrivait pas à ouvrir la porte vitrée qui donne dans le hall. Porkka des Stups passait par là, et l'autre l'a arrêté en se présentant comme étant l'avocat machin et lui a dit qu'il revenait d'un entretien avec le directeur de la Police Judiciaire mais qu'il s'était perdu dans les couloirs. Porkka lui a ouvert la porte et lui a indiqué la sortie...

Harjunpää se retourna vers la fenêtre.

— Vous n'avez rien trouvé dans ses affaires ? demanda-t-il au bout d'un moment. Ni dans son portefeuille ? Une photo, un calepin, ou quelque chose...

— Devine...

Kurkela s'empara de la serviette marron posée par terre et en fit claquer les fermetures. Il en sortit une pochette en plastique qui contenait la ceinture et la cravate de Torsten, ainsi que les objets qu'il avait eus dans ses poches : un portefeuille et un peigne, un mouchoir et deux clés accrochées à une chaînette en argent. L'une des clés était une banale clé Abloy, l'autre celle d'une serrure de sûreté Boda.

— Du fric, il y en a. Dix mille, au mark près. Mais aucun papier. Même pas des faux. On a rendu au magasin la camelote qu'il avait piquée parce qu'elle était intacte. Mais tu as ici la liste des trucs. Il y en avait pour près de six cents marks. Un drôle de sportif, le mec ! Il aurait aussi bien pu payer...

Harjunpää ouvrit d'un coup sec la poche latérale de la serviette. Elle contenait des revues. Des *Apu*, des *Seura* et d'autres. Plus d'une dizaine au total. Il les saisit presque avec férocité.

— Il y a bien les étiquettes avec les adresses dessus, dit Kurkela comme s'il avait lu en Harjunpää. Mais avec un nom différent sur chaque. En plus, ce sont des vieux numéros. À mon avis, ils ont été ramassés dans des poubelles.

— C'est bien possible...

Harjunpää parcourut rapidement les étiquettes et les adresses, avec le sentiment d'avoir obtenu au moins quelque chose, même s'il ne savait pas encore ce qu'il pourrait en tirer.

— Donne-les-moi, laissa-t-il tomber. Donne-moi toute cette camelote.

— Tu crois qu'un de ces noms est le sien ?

— Non. Mais bon Dieu, je vais quand même passer tout ça au crible. Là-dedans, il y en a certains qui pourraient peut-être le connaître. Ou alors le labo pourra en tirer quelque chose.

— Bon, prends-les. Mais signe-moi un reçu. Ce genre de mec est capable d'exiger qu'on lui restitue même ses vieux tickets de tramway le jour où on lui mettra la main dessus. Mets le fric dans le coffre-fort. Et pour être tout à fait franc... ne compte pas trop sur nous pour qu'on se mette en chasse. On n'est que cinq pelés pour tout ce qui est Harengs & Conserves, et en plus des affaires qu'on a déjà sur les bras, il faut qu'on fasse pédaler les îlotiers. On mettra bien un avis de recherche. Et s'il est assez con pour réutiliser les mêmes noms... Mais sinon, c'est pas la peine d'espérer quoi que ce soit.

— O.K. Et merci. Mais nom de Dieu, avertissez-nous tout de suite si vous apprenez quelque chose à son sujet !

— Idem pour vous !

Dans le couloir, Harjunpää se souvint soudain de la conversation qu'il avait eue avec Norri une bonne heure plus tôt. L'air siffla entre ses dents et il serra plus fortement la poignée de la serviette. Il la regrettait, maintenant. Et il en avait honte. Il se sentait comme un gosse minable qui serait allé cafter au maître que quelqu'un avait dit des gros mots, ou comme s'il avait trahi Onerva d'une certaine manière — même s'il savait que Norri n'y ferait jamais allusion, pas même devant lui.

— C'est peut-être possible, avait dit Norri lentement, sans regarder Harjunpää. Mais si tu tiens compte de tout ce qui se passe dans la tête de Bingo... et surtout si tu penses à Onerva elle-même... Elle n'est pas aveugle. On ne l'arnaquera jamais aussi grossièrement. Non, c'est impossible...

Norri s'était tu un instant, puis il avait levé les yeux et dit :

— Je n'y crois pas. Mais si ça te tarabuste trop, pose directement la question à Onerva.

Harjunpää arriva au quatrième étage et gagna son bureau. Onerva était assise devant la machine à écrire, en train de lier avec un trombone les feuilles d'un procès-verbal. Quelqu'un venait juste de sortir. Dans l'air flottait encore la trace légère d'un parfum qu'il ne connaissait pas. Sur la table se trouvait toujours la liste du matin, avec les noms de ceux qui venaient d'être arrêtés. On avait souligné à l'encre de Chine rouge la ligne où était inscrit : « Homme. Identité inconnue. Utilise le nom Hammarberg, Nils Göran ». C'était Onerva qui avait tracé le trait. Elle s'était immédiatement aperçue que le même nom figurait dans un des dépôts de plainte que la Brigade Financière leur avait transmis.

— Alors ?

— Exactement ce que Kurkela nous a dit au téléphone — il a simulé une crise. Ce Salin est encore un bleu... Mais peut-être que même nous, dans une telle situation, on n'aurait pas agi autrement.

— Et ça, c'est son bazar ?

— Il y avait de l'argent, en plus. Dix mille. À ton avis, ils viennent d'Helena ?

— Je doute que la banque soit capable de les identifier.

— O.K. Mais il y a encore autre chose. Des revues. Et ça m'a donné une idée...

Harjunpää regarda Onerva dans les yeux et le conflit actuel lui revint à l'esprit, mais il ne pouvait plus dire s'il avait ou non des soupçons. Et il eut l'impression qu'Onerva avait deviné ce qui le turlupinait et qu'elle s'en trouvait déçue et attristée — si ce n'était plus. Onerva semblait renfermée, peut-être même déprimée, exactement comme elle l'était avant de rencontrer Morten.

— Alors, qu'est-ce que ça t'a donné comme idée ?

— Au fait, pas de nouvelles de Bingo ?

— Non. Härkönen est allé voir en bas, mais il n'y était plus. Il a dû se rendre sans doute à l'infirmerie, ou alors il soigne sa gueule de bois quelque part. Et nous, on va devoir continuer à la boucler longtemps ?

Harjunpää évita le regard d'Onerva. Il ouvrit la serviette et sortit les revues.

— Si tu regardes bien ces adresses... Route de Häme, 20 et 14. Et 36 aussi. Et le 8 et le 18 de la Cinquième rue...

Il alla se placer devant la carte murale de la ville, promena son doigt dessus, et fit alors une constatation sans erreur possible.

— Bon sang ! Ces immeubles se touchent presque tous !

— Et alors il est censé habiter quelque part là-bas ?

— Oui. Surtout si on a ramassé ces revues dans des poubelles. Pourquoi aller en chercher plus loin alors qu'il y en a plein à côté de chez soi ? Et si tu te dis en plus que c'est justement à Haka-niemi qu'il s'est fait épingler...

Harjunpää commençait à s'enthousiasmer. Enfin, il n'en était pas tout à fait sûr. Peut-être qu'il ne faisait que feindre, pour oublier tout le reste, tout ce qui le mettait mal à l'aise, la sensation qu'il était en dette envers Onerva.

— Tu imagines un gentleman en train de faire les poubelles, toi ? demanda Onerva.

Harjunpää ne put se retenir de se frotter le menton.

— O.K... Mais d'un autre côté, il s'est bel et bien fait alpaguer pour du vol à l'étalage... Un gentleman ! Il s'agit peut-être d'une sorte d'entraînement, pour lui...

— Mais il y a là-bas à coup sûr des dizaines, des centaines d'escaliers ! Et des milliers d'habitants !

— Alors on va faire le tour de ces dizaines et de ces centaines d'escaliers...

Harjunpää claqua des doigts, ouvrit d'un seul coup la pochette en plastique qu'il venait de sortir de la serviette et y prit les clés. La chaînette brillait et ondulait comme un petit serpent.

— Toutes les portes n'ont pas deux serrures. Et même si on tombe forcément sur un paquet de serrures de sûreté, ce ne pourra pas être chaque fois des Boda...

— O.K. On va essayer. Même si, à deux, ça va nous prendre tout le week-end. Et il nous faudrait quelqu'un de permanence ici aussi. Parce que je pense qu'il est grand temps de dire à Norri de contacter la presse, de remuer les chaumières avec cette véritable histoire d'escroqueries en série... Dans cette affaire, il y a forcément plus de victimes qu'on ne le croit.

— Oui...

Harjunpää baissa les yeux. Il sentit qu'Onerva le dévisageait. Il sentit aussi qu'elle n'était pas pleinement emballée, que quelque chose la tracassait. Et soudain il eut la certitude que ses derniers mots avaient un double sens.

— Écoute, Onerva...

— Oui ?

— Rien. Laisse tomber.

— Non, je ne vais pas laisser tomber ! Vous me prenez vraiment tous pour une conne. Depuis une semaine, Bingo insinue Dieu sait quoi. Ce matin, Härkönen vient me demander l'air de rien si j'ai prêté de l'argent à Morten. Et maintenant, toi tu restes planté là et tu te racles la gorge, le visage tout rouge...

— Je suis vraiment désolé...

— Moi aussi. Mais pas pour les mêmes raisons. Ça m'est égal ce que vous pensez de Morten. Ou ce que vous soupçonnez. Moi, je ne soupçonne personne. Je ne vois pas pourquoi je soupçonne-

rais quelqu'un. Mais crois-moi, vos façons de faire
— et tout le reste — commencent à me mettre
sacrément en rogne... Vous chuchotez et vous
murmurez dans mon dos, mais personne n'a assez
de cran pour venir me parler franchement. Bonté
divine...

Le visage d'Onerva était dénué d'expression,
mais ses yeux étaient plus bleus que jamais. Du
bleu le plus pur. Ils étaient comme du métal, ou
comme le ciel lors des grands froids. Les regarder
était presque effrayant.

— Vous ne comprenez donc pas dans quelle
situation vous me placez ? Vous mettez en doute
mes capacités à réfléchir et... et à prendre des dé-
cisions et à faire des choix. Vous êtes comme une
meute de chiens...

— Onerva...

Harjunpää s'approcha, contournant le bureau.
Il voulait poser la main sur l'épaule d'Onerva, la
toucher — mais il ne pouvait pas, ou n'osait pas,
ou ne savait pas le faire.

— Je n'essaie pas de me justifier ou de donner
des explications. On se disait tous...

— Même Norri ?

— Non. Moi, Härkönen et Bingo. Bingo nous
a présenté ça avec tant de conviction... Et même
si je sais ce qui se cache derrière... Enfin, bon, il
m'a promis de ne plus la ramener et de te laisser
tranquille. Et nous aussi, on ne...

Onerva resta coite. Harjunpää l'imita.

— On devrait peut-être lui passer un coup de

fil, dit-il prudemment au bout d'un moment. À Bingo, je veux dire... Je crains qu'on ait été un peu trop dur avec lui, hier soir.

Onerva se leva.

— On est sûrement tous au bout du rouleau, dit-elle au moment de franchir la porte. Ça a été un tel bourbier. Quelquefois on a l'impression de ne pas se noyer juste parce qu'on se maintient la tête hors de l'eau en tirant sur ses cheveux... Je vais aller manger un morceau...

Harjunpää s'assit. La chaise était chaude de la chaleur d'Onerva, et cette chaleur lui disait qu'ils étaient toujours amis. Il regarda le téléphone. Il n'avait pas envie d'appeler. Il se disait que Bingo était adulte, qu'il saurait bien se procurer tout seul un certificat médical, et qu'il viendrait de toute façon au travail comme si de rien n'était, au plus tard lundi matin. Mais il se rappela ensuite tous les mots qui avaient été dits la veille au soir, ce qui s'était passé rue de Tehdas, ce que Bingo avait raconté dans l'appartement d'Helena. Il poussa un soupir, feuilleta son répertoire et composa le numéro.

— Oui ?

Bingo avait lâché sa réponse de façon précipitée, le souffle court. Harjunpää supposa qu'il s'était rué vers le téléphone, de crainte de ne plus trouver personne au bout du fil.

— Salut ! C'est Timo.

— Qui ça ?

— Harjunpää.

Bingo ne dit rien, mais sa respiration était nettement audible — pesante, lourde — et Harjunpää se douta que Bingo était encore soûl.

— Je t'appelais juste pour savoir... Tout va bien, j'espère ?

— Et qu'est-ce qui pourrait aller bien ? s'esclaffa Bingo. Mais son rire était contrefait et n'atténua en rien l'aigreur de sa question.

— Je voulais dire, est-ce que tu es allé à l'infirmerie ?

— Pété comme je suis ? T'es pas un peu cinglé ? T'inquiète pas, je trouverai toujours quelque chose s'il le faut... Mais ce n'est peut-être plus nécessaire, pas vrai ?

— Mais si ! Bien sûr !

D'un côté comme de l'autre, ils ne surent plus quoi dire. Un léger bruissement envahit la ligne, comme si le vent soufflait quelque part. Harjunpää agita la main, ses lèvres remuèrent, et alors qu'il n'en avait pas eu l'intention, il dit :

— J'ai aussi discuté avec Onerva...

— Et alors ?

— Ce n'est pas Torsten.

Bingo se tut pendant un moment et dit ensuite :

— Ou alors, elle n'est pas capable de l'admettre. Les gens n'admettent les choses merdiques que lorsqu'il est trop tard. Tu veux que je te dise ?... O.K. ! J'admets que je ne suis qu'un sale pochard. Mais je ne l'admets qu'aujourd'hui, quand il est trop tard...

— Rien n'est trop tard. Il n'est jamais trop tard.

— De la merde ! Mais je ne voudrais pas qu'Onerva ne se réveille elle aussi que lorsqu'il sera trop tard... Je ne voulais pas la harceler, je voulais seulement... T'as vu comme elle est ! Je voulais la sauver ! Parce que la femme qui tombe entre les pattes d'un type aussi diabolique plonge tout droit vers l'enfer. Mais vous ne vous en rendrez compte que quand elle aura perdu sa baraque et tout le reste.

— Arrête, maintenant ! Il n'y a pas de raison.

À l'autre bout du fil, un bruit de choc se fit entendre, comme si Bingo avait renversé ou fait tomber quelque chose. Puis celui-ci éructa :

— Ah bon ? Il n'y a pas de raison ? Et moi aussi, je n'ai plus de raison de revenir, pas vrai ? De toute façon je ne viendrai plus. Je ne supporte pas d'être là-bas. C'est pour ça qu'ils m'y ont envoyé, c'est parce qu'ils savaient !

— Savaient quoi ? Qui savait...

— Toi, le mariolle, arrête de faire le faux cul ! Ils savaient que je ne supporterais pas... Ces macchabées et ces larmes et ces cris... ça te colle à la peau, et alors tout semble encore plus foireux. Ils le savaient. J'ai fait un stage là-bas quand j'ai commencé, et déjà à cette époque... Ils le savaient.

— Arrête ton char. À mon avis...

— Ne te fais pas de bile. Dis-leur qu'ils ont gagné. Dis-leur aussi que j'ai chialé.

— Veksi.

Bingo raccrocha brutalement. Harjunpää composa à nouveau le numéro et laissa sonner longtemps, mais Bingo ne répondit pas. Ou alors il avait coupé définitivement la liaison en arrachant la prise du mur ou en démolissant son téléphone.

16

L'encaisseur

Torsten jeta un coup d'œil derrière lui. La rue
Fabian était noire de monde. L'Esplanadi également. Les gens se hâtaient, la démarche précipitée. Ils fonçaient tête la première contre la bise
qui soufflait de la mer. Mais personne ne semblait
le filer, ni le dévisager, ni même l'épier à la dérobée. Il se dit que cette sensation ne devait être
qu'une illusion, une simple conséquence de la
fatigue — on était déjà au début de l'après-midi,
mais il n'avait toujours pas fermé l'œil. Il était
allé chercher une clé chez le gardien de l'immeuble et avait vainement essayé de dormir. Ses pensées l'avaient contraint à se lever et avaient commencé à s'agencer correctement. Et finalement il
avait été obligé de se mettre en route.

Il ouvrit d'un coup sec la porte de la cabine
téléphonique et fut assailli par une odeur de
chaussures mouillées et de carreaux embués. Les
bruits de la rue prirent une autre sonorité, comme
si on les entendait de l'intérieur d'un tambour. Il
posa sa mallette sur l'annuaire et l'ouvrit. C'était

un attaché- case noir et plat avec des garnitures en aluminium. Il contenait une grande enveloppe et un sac en papier, un long foulard de soie couleur écru soigneusement enroulé, le *New York Times* qu'il venait d'acheter sur l'Esplanadi, et puis l'horaire écorné de Finnair. Torsten jeta un coup d'œil dehors. N'apercevant toujours rien d'alarmant, il retira du sac en papier son agenda, celui à couverture rouge, qu'il n'emportait normalement jamais avec lui. Il l'ouvrit à la lettre M, décrocha le combiné et laissa l'appareil engloutir un mark.

— Magasins Généraux de Finlande.

— Pourrais-je parler à Mlle Martikainen, au laboratoire principal ?

— Un instant.

Torsten sortit d'autres marks.

— Laboratoire. Martikainen à l'appareil.

— Bonjour, Kaarina...

— Johan ?

— Lui-même !

Kaarina prit une profonde inspiration. Elle agissait toujours ainsi quand elle était surprise — ou quand elle faisant semblant de l'être. Elle projetait en même temps ses seins en avant, et il était évident que ce mouvement avait été longuement répété devant un miroir.

— Tu es arrivé aujourd'hui ?

— Je débarque juste à l'instant. Et j'imagine que tu sais le temps qu'il faut pour rentrer de la

Grosse Pomme... Je suis bel et bien fourbu. Je n'arrive jamais à dormir dans l'avion.

— Pauvre petit...

Torsten s'esclaffa.

— Mais je ne t'appelais pas pour me lamenter. J'ai une petite surprise pour toi. Enfin, pour nous deux.

Il se tut, laissant Kaarina languir. Elle ne put se contenir longtemps et demanda :

— Alors ? C'est quoi ?

— Une voiture.

— Non... Pour de vrai ?

— Vrai de vrai. Et pas n'importe laquelle. Je peux t'aider un peu en te rappelant que tu m'avais dit que tu en voudrais une comme ça un jour...

— Une Mercedes ?... C'était juste une plaisanterie !

— Mais celle-là, ce n'en est pas une. C'est un break vert métallisé. Pense un peu : il y aura une place pour Pultéri et tu n'auras plus à craindre que la voiture soit pleine de poils. Et plus tard, on pourra y caser aussi un landau à l'arrière...

Il venait de marquer un bon point. Kaarina se tut. Torsten la voyait littéralement se mettre à triturer une de ses boucles d'oreille. Puis elle murmura :

— Je... Je ne sais vraiment pas quoi dire.

— Ne dis rien. Mais il faudrait que tu m'aides un peu. Parce qu'il s'agit de la voiture de Hans Müller, le secrétaire d'ambassade d'Allemagne.

Elle est de seconde main, mais elle n'a que trente mille kilomètres au compteur. Hans était assis à côté de moi pendant le vol de retour et il m'a fait part de sa mutation au Canada et de la nécessité de vendre son véhicule. Je me suis proposé de la lui acheter, parce que je me souvenais que... Mais à cause de son départ imminent, il voudrait avoir l'argent sans attendre. Il la vend à un prix dérisoire. Il n'en demande que quatre-vingt mille, et je sais que ce n'est même pas la moitié de ce qu'elle vaut. C'est...

Un deuxième mark dégringola dans le taxiphone. Quelqu'un entra dans la cabine adjacente. Torsten tourna le dos à la cloison de séparation et baissa la voix.

— En réalité, c'est parce que de son côté, il a pu l'acheter hors taxes. Même si on la revendait dans cinq ans, on n'y perdrait pas. Mais le problème, c'est que je ne dispose en ce moment même que de soixante-quatre mille marks. Et je ne peux pas en débloquer plus sur-le-champ. Est-ce que tu aurais la possibilité de m'en prêter seize mille pour quelques jours ?

Kaarina hésita. Torsten se balança nerveusement d'un pied sur l'autre. Il savait que la somme était très importante pour elle, mais d'un autre côté il savait aussi qu'elle avait réussi à économiser près de dix-neuf mille marks après plusieurs années d'épargne — il avait vérifié son livret un jour, tandis qu'elle était allée prendre une douche. La pauvre s'imaginait qu'elle pourrait bientôt tourner le dos au laboratoire et ouvrir un magasin de vêtements dans lequel elle vendrait ses propres créations. Mais pour ce qu'il avait pu voir de celles-ci, il valait mieux pour tout le monde qu'elle reste auprès de ses pipettes.

— Lundi, à la première heure, je mettrai quelques obligations en vente pour te rembourser, dit-il. Là, je suis si vaseux que je n'en ai vraiment pas la force... Au fait, est-ce que je t'ai dit qu'elle avait aussi un toit ouvrant ? En verre fumé. Essaie de te représenter comme ce sera merveilleux d'aller voir ta mère à Somero l'été et de sentir l'odeur des merisiers en fleur entrer à flots... Et elle sera très utile aussi. En tout cas pour la distribution, quand tu auras réussi à faire décoller les ventes sérieusement.

— Il te les faut maintenant, tout de suite ?

— Oui...

Torsten consulta sa montre. Une heure moins deux. Il pensa à Mirjam. Elle devait déjà avoir fini sa pause-déjeuner. Mais avec elle, il fallait se ménager de la marge, prudente comme elle l'était.

— Si je viens te voir à trois heures au laboratoire, ça te convient ? D'ici là, tu auras eu largement le temps de passer à la banque.

— Ça me convient, Johan. Tu sais...

— Je sais. Je sais bien, ma petite Kaarina.

Ils se turent tous les deux. Ils n'avaient pas besoin de mots. Ils n'écoutaient que leur respiration mutuelle.

— À trois heures alors, soupira Torsten au bout d'un certain temps, comme s'il lui fallait faire un effort pour mettre fin à la communication. Nous en profiterons pour planifier notre soirée...

Il remit le combiné en place. Il n'avait en aucun cas l'intention de passer la soirée avec Kaarina. Il avait prévu un tout autre programme. Mais comme ça, elle serait au moins heureuse pendant quelques heures — elle le méritait bien. C'était une fille plaisante, même au lit. Abstraction faite de ses dents, gâtées par son travail de laborantine qui l'obligeait à inhaler toutes sortes de vapeurs. Mais on n'était pas obligé de regarder ses dents.

Torsten essuya ses mains sur son mouchoir — elles étaient moites, et pourtant ses paumes suaient rarement. Même en dehors de ça, il se sentait bizarre : par moments, il tremblait des pieds à la tête comme s'il avait froid, alors qu'en réalité il avait chaud. Sa chemise lui collait d'ailleurs aux épaules. C'était sûrement dû à la fatigue. Il la sentait maintenant dans tout son corps. Elle était comme une substance injectée dans ses veines, le rendant fébrile. Mais au fond, il était quand même satisfait : une fuite sans plan préétabli dans ses anciens fiefs de Stockholm ou de Copenhague ne lui aurait rien apporté et ne lui aurait attiré que des désagréments — tandis que maintenant, il avait au moins le temps de récolter une partie de ce qu'il avait semé avec tant d'efforts. Il remit l'agenda dans le sac et le sac dans la serviette, ouvrit l'enveloppe et parcourut encore une fois la feuille dactylographiée.

« RECONNAISSANCE DE DETTE

Je, soussigné Niklas G. Kröger, m'engage à rembourser au porteur de cette reconnaissance de dette la somme de trente mille (30 000) marks, avec un taux d'intérêts annuel de dix (10) pour cent.

Niklas G. Kröger
Directeur Général. »

Au-dessus de la signature, le nom était inscrit en lettres bien nettes avec un coup de tampon. Ce n'était qu'un détail. Mais c'étaient les détails qui faisaient tout. Seules les personnes haut placées, et donc dignes de confiance, disposaient d'un tampon gravé à leur nom.

Torsten remit la reconnaissance de dette dans l'enveloppe. Il l'avait rédigée à l'intention de Mirjam. Avec elle, il se devait de faire preuve d'une rigueur absolue, de ne rien négliger. Malgré toutes ses précautions, la tentative pouvait échouer. Mirjam était d'une perspicacité redoutable, capable parfois de penser comme un homme, en véritable stratège. Il n'avait même pas encore osé lui demander le premier petit prêt, celui qu'il remboursait toujours rapidement. Elle était pourtant amoureuse de lui, mais pas de façon aveugle. Elle était la plus âgée de ses femmes. Quarante-quatre ans déjà. Elle était veuve, mais avait repris le chemin du travail après la mort de son mari, même si rien ne l'y avait obligée, compte tenu de la pension confortable qu'elle touchait. Elle avait une fille d'une vingtaine d'années. Et tellement d'argent qu'elle serait certainement prête à sacrifier temporairement trente mille marks pour se tirer de la situation embarrassante dans laquelle elle n'allait pas tarder à se trouver.

Torsten referma la mallette et vérifia soigneusement qu'il n'oubliait rien dans la cabine téléphonique. Il sortit et emprunta la rue Fabian, en direction de la rue Aleksanteri. Le flot des passants l'entraîna dans son sillage et il se sentit pour une fois en sécurité dans la foule. Il n'éprouvait plus le besoin de s'assurer qu'on ne l'observait pas. Maintenant, il était également persuadé d'avoir fait le bon choix en décidant d'aller voir Mirjam sans l'informer d'avance de sa venue. C'était un peu cavalier et cela ne correspondait pas au Niklas auquel il l'avait habituée — mais cela ne ferait que mettre en avant à quel point il était enthousiaste et sincère et aurait pour effet de déconcerter Mirjam davantage encore, peut-être même assez pour qu'elle soit incapable de faire preuve du bon sens le plus élémentaire.

Les têtes des forgerons en pierre[1] apparurent et Torsten ralentit son allure. Aujourd'hui, pas un seul des trois gaillards n'avait de mégot fiché entre les dents. Sans trop savoir pourquoi, cela lui parut de bon augure — et le bonhomme le plus

1. Sculpture de Felix Nylund placée au début de la rue Aleksanteri, à Helsinki. *(N.d.T.)*

éloigné de l'enclume, celui qui avançait les lèvres comme s'il voulait se faire embrasser, semblait sourire pour dire qu'il était au courant de tout et qu'il était à ses côtés. Torsten entra. Les bruits de la rue s'estompèrent. Venant d'en haut, des étages, le brouhaha des bureaux leur succéda. Il n'y avait personne derrière le guichet du gardien. Torsten rabattit le col de son manteau et enleva les lunettes et le chapeau qui avaient protégé son visage. Il extirpa de sa poche un minuscule flacon sur l'étiquette duquel était marqué « Smeller », fit tomber quelques gouttes incolores sur le dos de sa main et les lécha. Une fraîcheur envahit aussitôt sa bouche. Il serait agréable de l'embrasser. Puis il commença à monter les marches, s'assurant de sa main libre que sa cravate était bien droite et la fermeture de sa braguette remontée jusqu'en haut.

Le hall de la compagnie d'assurances était vaste. Torsten n'y avait jamais mis les pieds auparavant, mais il repéra néanmoins immédiatement Mirjam parmi les autres femmes. Assise devant une console près de la fenêtre, en train d'expliquer quelque chose à un homme penché vers elle, elle ne se tenait pas à proprement parler derrière le comptoir. Torsten s'approcha, gardant les yeux dardés sur elle, essayant de l'obliger à tourner la tête par la seule force de sa volonté. Sa tenue était celle caractéristique de n'importe quelle employée de bureau, jupe bleu marine et chemisier blanc légèrement transparent. En ce qui la con-

cernait, c'était une faute de goût impardonnable :
ses sous-vêtements étaient toujours vilains, très
ordinaires. Aujourd'hui encore, elle portait un
soutien-gorge qui comprimait sa poitrine comme
si ses seins avaient été de la terre glaise, avec des
bretelles aussi larges que celles d'une salopette de
pêcheur. Torsten s'arrêta devant le comptoir.
Mirjam se retourna.

— Niklas...

— Hello de New York !

Mirjam dit quelque chose à l'homme qui se
tenait à ses côtés et se leva, aussi surprise qu'il
l'avait escompté. Puis elle se troubla et faillit
piquer un fard — elle s'était rendu compte que ses
collègues avaient entendu l'exclamation de
Torsten et avaient compris qu'il n'avait rien à voir
avec les clients. Elle leur avait révélé involontairement quelque chose qu'elle avait peut-être tu
jusqu'à présent. Mais elle se ressaisit rapidement
et se dirigea vers lui la tête haute. Lorsqu'elle se
trouva derrière le comptoir, quelque chose dans
ses yeux fit comprendre à Torsten que cette révé-
lation ne lui déplaisait pas, au fond, et qu'elle était
peut-être même fière d'être vue avec lui.

— Pardonne-moi d'arriver comme ça, à l'improviste, murmura Torsten. Il posa sa main sur
celle de Mirjam, pressant celle-ci d'une façon qui
n'avait rien d'un attouchement anodin. — Mais
les événements se précipitent parfois... Écoute,
j'ai de bonnes nouvelles à te donner, c'est important... Je t'invite à déjeuner, tu me permets ? On

pourrait aller chez *Torni*. Il paraît qu'ils ont un excellent saumon fumé aujourd'hui...

— Oh, Niklas, merci... Mais j'ai déjà déjeuné. Je viens juste de rentrer de ma pause.

— Quel dommage...

Torsten se mordit la lèvre inférieure. Puis il pressa de nouveau la main de Mirjam, avec une certaine fébrilité cette fois. Il jeta un coup d'œil circulaire comme s'il recherchait un endroit plus tranquille et dit :

— Mais tu pourrais peut-être m'accorder un petit instant ? Il faut absolument que je te raconte... Et puis il faudrait que tu m'aides un tout petit peu.

— Je passe de l'autre côté...

Elle se tourna pour dire quelque chose à l'homme qui se tenait devant la console. Il hocha la tête en guise d'assentiment et s'en alla. Elle longea le comptoir jusqu'au passage, et on voyait bien maintenant que la venue de Torsten et les regards de ses collègues la réjouissaient. Torsten recula vers la porte et déverrouilla par avance sa mallette. Il fut soudain en proie à une vive tension — il ressentit le même fourmillement au creux de l'estomac que lorsqu'il jouait quelque part et s'apercevait subitement que les enjeux étaient montés trop haut sans qu'il n'y prenne garde.

— Tu ne m'as même pas envoyé de carte postale, dit Mirjam une fois arrivée à l'ombre du pilier qui s'élevait jusqu'au plafond.

Torsten étudia la voix de Mirjam. Elle avait proféré son reproche d'un ton badin, donc ses mots voulaient dire en réalité : « tu m'as manqué ». Il la pressa contre son flanc, rapidement et furtivement, mais de façon que le geste témoigne de ce qu'il ne pouvait pas exprimer autrement devant tout le monde — qu'elle lui avait manqué, qu'il tenait à elle, qu'il brûlait d'une passion dévorante.

— Pardonne-moi. Le stress du travail... Mais j'ai quand même beaucoup pensé à toi !

Il entrouvrit sa serviette et le *New York Times* tomba par terre. Il le ramassa illico et sortit le foulard de soie, le laissa se dérouler sur toute la longueur, puis le passa autour du cou de Mirjam. Les extrémités arrivaient au niveau de ses cuisses.

— C'est la dernière mode là-bas...

— Superbe !

Elle s'approcha, l'embrassa sur la joue, lui effleura la poitrine avec les doigts. Le foulard venait vraiment de New York. C'était la propriétaire d'un restaurant à Marjaniemi qui le lui avait offert. Mais il ne l'avait jamais porté. Il ne l'avait jamais aimé — idem pour la restauratrice.

— Merci Niklas.

Torsten ne dit rien et parvint à force de concentration à se donner un air grave. Puis il planta son regard dans les yeux de Mirjam, réussit à les emprisonner dans les siens, lui pressa même les mains pour faire bonne mesure, et lâcha :

— J'ai demandé ma mutation en Finlande.

— Mon Dieu ! Mais je croyais que... Pour ta carrière, est-ce que ce n'est pas... ?

— Si. C'est un pas en arrière. Mais je ne supporte plus d'être séparé de toi !

Mirjam était troublée. Plus que ça, même — un peu effrayée. Elle se sentit investie d'une brusque responsabilité. Sans avertissement, elle était amenée à réexaminer ses sentiments sous ce nouvel éclairage.

— Niklas, commença-t-elle avec raideur. Elle voulut continuer mais dut chercher ses mots. Torsten ne lui en laissa pas le loisir et enchaîna :

— La question est déjà réglée. Maintenant je vais enfin me procurer ici un logement convenable. La transaction est en cours... Pour être plus exact, là aussi tout est réglé. Il s'agit d'une maison en bordure de l'île de Lehti.

— Ah bon...

— Il y a sept pièces. Les lambris et les parquets sont magnifiques. Et la vue sur la mer — les couchers de soleil doivent offrir un spectacle unique !

— Mais, est-ce que ce n'est pas beaucoup trop grand ? J'espère que tu as quand même bien réfléchi... C'est une décision très importante.

— Oui, Mirjam. J'ai bien réfléchi. C'est vrai qu'il s'agit d'une décision très importante, mais la maison n'en constitue qu'une partie... Je n'ai pas besoin de tant de place pour moi seul. Mais j'ai pensé qu'il y aurait peut-être une certaine Mme Kröger qui emménagerait là-bas avec moi.

Et cette Mme Kröger a peut-être une fille charmante qui est presque adulte et qui a besoin de place elle aussi...

Torsten gardait ses yeux écarquillés, emplis d'allégresse, leur donnant un éclat heureux, presque radieux. Il vit Mirjam déglutir et pâlir. Puis elle prit sa main et la serra presque avec consternation.

— Cher Niklas. Une telle décision... On ne peut pas... Il faut qu'on en discute calmement. Ne le prends pas mal, mais je ne suis tout simplement pas capable, comme ça, si vite... Et puis, il s'agit aussi de la vie et de l'avenir de Hanna.

— Je sais, mon amie. Voilà pourquoi cette maison dispose de deux entrées distinctes. On peut également la partager en deux appartements pratiquement indépendants. Dans chacun d'eux, il sera possible de vivre de façon autonome, en toute liberté.

— Niklas... Il faut qu'on en discute calmement. On en parlera ce soir. Il ne serait pas raisonnable de prendre une décision de cette importance à la hâte.

— Oui...

Torsten bougea les pieds et baissa un peu la tête. Pendant un instant, un voile passa sur son visage comme s'il écoutait une musique triste. Puis il sourit à nouveau, mais pas comme avant, avec une certaine retenue.

— Pardonne-moi, Mirjam. Je ne voulais pas te mettre au pied du mur... Je me suis laissé emporter par mes élucubrations. Je dois être un peu trop fatigué. Dis-toi bien que je ne veux pas t'enchaîner à quoi que ce soit. Je ne veux même pas que tu en aies l'impression. Tu comprends ? Mais, en ce qui concerne l'achat de la maison, c'est décidé. Dans un premier temps, c'est pour m'y installer, mais sur un plan plus général, il faut voir ça comme un placement. Je pourrai récupérer ma mise à tout moment. Et même réaliser une plus-value...

— Oui ? Vraiment ? lâcha Mirjam dans un souffle. Elle se sentait un peu soulagée maintenant, et elle était aussi sans doute prête à tout pour faire pardonner sa réaction. — Mais elle doit quand même être affreusement chère, non ?

— Oui. Presque deux millions...

Il prit l'enveloppe dans sa mallette, sortit la coupure de journal qu'il y avait glissée avec la reconnaissance de dette et la tendit à Mirjam. Il vit que sa main tremblait.

— Mais elle les vaut largement. Et j'aurai à peine besoin d'emprunter... J'ai déjà chargé mon notaire de vendre mes appartements de New York, de Turku et de Tampere... Torolf m'a assuré qu'ils partiraient dans la semaine...

Mirjam examina l'annonce et ne put s'empêcher de passer sa langue sur ses lèvres lorsqu'elle constata que l'intermédiaire était une agence immobilière renommée qui jouissait d'une réputation sans tache. Elle remarqua aussi que Torsten avait écrit sur la marge de la coupure : « le joli nid de Mirjam, Hanna et Niklas ». Elle reporta rapidement son regard sur le décompte griffonné sur l'autre marge — à la fin était souligné : « 30 000 ? ».

— Quand je t'ai dit tout à l'heure que j'aurais besoin que tu m'aides un peu, commença Torsten d'une voix un peu embarrassée... J'ai promis de verser aujourd'hui un acompte de trois cent mille marks. Mais je n'ai pas réussi à débloquer aussi rapidement la totalité de la somme. Je n'en ai que deux cent soixante-dix mille... Je me suis demandé si tu...

— Niklas...

— Mirjam chérie. Je veux encore une fois souligner que ça ne t'engage à rien. Tâche de voir ça comme une simple transaction immobilière où tu me donnerais un coup de main, par exemple...

Il sortit la reconnaissance de dette.

— J'ai même rédigé ceci de manière que tu puisses te retirer de l'affaire quand tu le désires. C'est une reconnaissance de dette au porteur. Tu peux la céder à n'importe qui, même si ce n'est pas vraiment ce que je souhaite. Dès le début de la semaine, je devrais avoir vendu suffisamment d'obligations pour te rembourser.

Mirjam tenait la feuille de papier comme si elle avait eu peur qu'elle lui saute au visage. Elle voulut dire quelque chose — qu'une reconnaissance de dette n'était pas nécessaire, peut-être — mais finalement, sa prudence lui conseilla de se taire.

Puis elle se livra à un petit calcul mental et aboutit manifestement là où il savait qu'elle aboutirait.

— Niklas, dit-elle comme si elle s'excusait. Ne te vexe pas, mais permets-moi d'insister — je vais t'aider. Je vais juste t'aider. Ce qui veut dire que je ne m'engage pas moi-même... Mais il faudrait que je puisse passer à la maison avant d'aller à la banque. Je ne sais pas...

— Si on prend un taxi, nous y serons dans moins d'une demi-heure... Torsten sortit son portefeuille comme s'il s'apprêtait à régler la course d'avance — le portefeuille était bourré de billets. Il contenait tout ce qui lui restait d'Helena et aussi ce qu'il avait eu le temps de ramasser avant de venir voir Mirjam. Mirjam aperçut l'argent. Elle jeta un coup d'œil vers le fond du hall et dit :

— Attends un instant. Il faut que je prévienne.

— Merci, chérie.

Elle fit un geste comme si elle voulait lui rendre la coupure de journal et la reconnaissance de dette, mais se ravisa, fit demi-tour sans rien ajouter et traversa le hall rapidement, puis disparut derrière une porte. Torsten reprit son souffle et referma sa mallette. Il savait que l'absence de Mirjam allait durer un petit moment — au moins une dizaine de minutes. Elle donnerait d'abord la reconnaissance de dette à lire à quelqu'un et elle téléphonerait ensuite à l'agent immobilier. Mais il n'avait rien à craindre de ce côté-là. Niklas Kröger lui avait téléphoné avant. Et à la suite de son coup de fil, l'agent avait été convaincu qu'il ne

233

manquait plus que la signature pour conclure la transaction.

Quelques minutes après quatre heures, Torsten grimpa les marches qui menaient au bureau d'une agence de voyages, et il était si épuisé maintenant que pousser la porte lui demanda presque un effort. Ses pensées s'éparpillaient en tous sens comme des radotages d'ivrogne. Son cerveau enregistra que des claies de bambou ornaient les murs et qu'un lion le fixait avec ses yeux de verre, et qu'au moins dix soleils brillaient sur les affiches suspendues au plafond, mais il n'avait ni la force ni l'envie de les étudier de plus près. Il marcha directement vers la blonde assise derrière le comptoir.

— Est-ce qu'il vous reste encore des places pour un séjour à l'étranger ce week-end ? Des annulations de dernière minute ?

La femme grimaça un sourire sans joie.

— Pour quel coin du globe ? Vous n'auriez pas une petite idée ?

— Loin. Quelque part où il fait chaud, où on peut s'allonger sur le sable blanc sans penser à rien et enfoncer ses orteils dans le sable.

— Un instant.

À présent, la femme souriait différemment, un peu comme si elle se demandait s'il n'essayait pas de la mettre en boîte, mais elle se retourna néanmoins et se mit à pianoter sur le clavier de son terminal.

— Demain matin, il y a un départ pour Puerto de la Cruz. Le séjour dure une semaine. Le prix normal est de mille neuf cent cinquante marks, mais...

— Ça se trouve où ?

— À Ténériffe.

— Est-ce qu'il y a beaucoup de Finlandais là-bas ?

— C'est une de nos destinations les plus demandées, en effet.

— Alors quelque part ailleurs.

Elle pianota de nouveau sur son terminal et dit :

— Que pensez-vous de Pattaya ? Il me reste deux places. Le vol part dimanche matin. Le séjour dure deux semaines. De là-bas, vous aurez d'ailleurs la possibilité de faire un saut à Bangkok...

— J'en prends une.

— D'accord...

— Et si je me plais là-bas, est-ce qu'il me sera possible d'y séjourner plus longtemps ? Un mois ou deux, par exemple ?

— C'est-à-dire que...

La femme hésita. Elle ne pouvait pas être catégorique. Mais elle souriait maintenant avec une amabilité non feinte.

— Si vous sentez que vous en avez envie, le mieux serait de contacter sur place notre agence locale. Mais ne vous y prenez pas trop tard... Sinon il pourrait y avoir des complications avec la chambre d'hôtel et le vol de retour. Naturellement, le prix ne sera pas le même.

— Oui. Bien sûr. Je verrai donc sur place...

La femme s'affaira pour sortir les papiers requis. Torsten posa sa mallette sur le comptoir. Tout l'argent se trouvait maintenant dans l'enveloppe et il y en avait beaucoup. Il ne se rappelait plus combien exactement. Plus de cinquante mille marks, en tout cas. Il s'aperçut soudain qu'il pensait à Helena et à Vuokko. Mais cela ne le faisait plus souffrir. Il ne comprit qu'en cet instant l'importance qu'elles avaient eue toutes les deux — elles avaient mis en route un processus qu'il n'avait pas eu le courage de déclencher lui-même. Elles étaient nées et avaient grandi et vécu pour cela, et par conséquent rien n'avait été vain. Elles avaient eu leur rôle à jouer. Et elles s'en étaient acquittées.

— Vous semblez vraiment enchanté à l'idée de faire ce voyage...

— Je le suis. Je l'ai bien mérité, dit-il en priant pour qu'elle se dépêche. Il jeta un coup d'œil à sa montre et constata qu'il aurait encore le temps de faire une sieste réparatrice avant de se préparer pour la soirée qui l'attendait.

17

La tempête de neige

Onerva et Harjunpää dévalèrent les dernières marches d'un énième escalier et se retrouvèrent dans la rue. Bien qu'il fût déjà près de sept heures, une véritable foule se pressait encore Route de Häme, et on pouvait littéralement lire sur le visage des gens que la semaine de travail se trouvait derrière eux et que s'ils se dépêchaient tous, c'était uniquement pour pouvoir profiter au maximum des moments de liberté bénis du week-end. Harjunpää suivit du regard un homme râblé qui portait un bonnet de laine enfoncé sur le front — l'homme se hâtait en balançant vigoureusement un de ses bras, l'autre portant avec précaution une serviette pleine à craquer d'où s'échappait de temps à autre un bruit de bouteilles entrechoquées. Pendant un court instant, il envia cet homme. Il aurait presque voulu prendre sa place, entrer dans un logement qui sentirait la saucisse grillée et la querelle du matin, et siroter un grand verre qui apporterait un peu de douceur dans le monde.

— De quel côté maintenant ? demanda Onerva. Elle jeta un coup d'œil vers le haut de la Cinquième rue, là où leur voiture était garée, et Harjunpää se dit qu'Onerva était fatiguée et lasse, même si elle essayait de ne pas le montrer. Ils avaient commencé à trois heures et continué depuis sans interruption. Ils avaient exploré un escalier après l'autre et appuyé sur des dizaines et des dizaines de sonnettes et reçu à leurs questions des réponses qui ne les avaient menés nulle part. Sur trois portes équipées de serrures Boda, ils avaient essayé furtivement les clés de Torsten, mais évidemment sans résultat.

— Par là, oui, marmonna Harjunpää, en se disant que cela ferait bientôt deux semaines qu'il n'avait pas pris un seul jour de congé et qu'il rentrait si tard chez lui que tout le monde était déjà couché et repartait si tôt que seule Elisa était réveillée. Soudain, il sentit des élancements dans sa nuque et prit conscience que la chaussure de son pied droit lui avait irrité le talon toute la journée et y avait forcément fait une ampoule. — Mais avant, on va prendre un café quelque part, dit-il, en se rappelant que le placard d'angle de la cuisine recelait une bouteille d'eau-de-vie encore à moitié pleine au moins, et il pouvait presque se voir assis à table avec Elisa, leurs pieds entremêlés, en train de boire quelques petites gorgées à tour de rôle dans leur unique verre à cognac en s'imaginant déguster un breuvage plus prestigieux.

— Il commence à neiger...

238

Devant les réverbères fusaient de fines rayures blanches, presque phosphorescentes, et on sentait aussi quelque chose sur le visage, comme des caresses légères dont il ne subsistait rien ensuite, pas même de petites gouttelettes.

— Ça grossit rapidement, lâcha Harjunpää sans parvenir à empêcher sa voix de trahir son optimisme. Parti comme c'est parti, la circulation va être bloquée sous peu. On va aller dans la voiture...

Ils remontèrent la rue d'un pas vif. La chute de neige s'intensifiait à chaque instant et le vent les cinglait avec tant de force qu'une pellicule blanche ne tarda pas à s'accumuler sur leurs manteaux. Harjunpää calcula que dans le meilleur des cas, il arriverait à temps pour prendre le train qui partait de Pasila à huit heures moins le quart et serait à Kirkkonummi, chez lui, avant neuf heures. Il balaya la neige qui s'était déposée sur le pare-brise de la Lada et ouvrit les portières, puis s'assit à la place du conducteur et mit la clé du contact, mais ne la tourna pas tout de suite.

— On va attendre un moment pour voir comment ça évolue. Si on peut reprendre, on montera la Cinquième rue de ce côté-ci et on la redescendra de l'autre côté jusqu'à cet immeuble vert, là-bas, puis on tournera à l'angle et on continuera de nouveau par la Route de Häme...

Onerva ne dit rien. Elle consulta sa montre, tapota son paquet de cigarettes pour en faire sortir deux et alluma la radio. Sur la fréquence du

Central, des messages étaient échangés avec frénésie, et il était facile d'en déduire que quelque chose s'était produit, mais sans pour autant savoir quoi. Puis quelqu'un tempêta :

— La patrouille là-bas, à l'autre bout de l'immeuble... Vous me recevez ? Les ambulanciers vous demandent de faire évacuer le couloir pour qu'ils puissent passer en cas d'urgence ! Faites dégager tous les curieux ! Vous me recevez ?

— Ici le Central... Passez sur le canal quinze. Tous les messages concernant l'affaire de Maunula doivent passez sur la quinze pour ne pas bloquer la dix-sept.

— Bien reçu.

— Qu'est-ce qui se passe ?

— C'est peut-être un incendie.

Onerva tourna le sélecteur mais la radio resta muette. Peut-être n'y avait-on pas installé tous les transistors. Peut-être avait-on trouvé ce moyen pour réaliser quelques économies.

Elle consulta de nouveau sa montre, et ce ne fut qu'à ce moment que Harjunpää se rappela :

— Ce coup de fil quand on était sur le point de partir, dit-il. C'était Morten ?

Il avait du mal à prononcer le nom de Morten, et encore plus de mal à regarder Onerva dans les yeux.

— Oui.

— Il doit venir te voir ?

— Oui.

— Pourquoi tu ne l'as pas dit plus tôt, bon Dieu ?

— Eh bien...

Onerva haussa les épaules en regardant par la vitre. Elle semblait être redevenue inaccessible, encore plus en ce moment que tout à l'heure, au début de la soirée.

— Arrête un peu, souffla Harjunpää. Il aurait voulu ajouter quelque chose mais ne trouva rien à dire. Il savait qu'Onerva n'était pas du genre à bouder, et encore moins de ces personnes qui cherchaient sans cesse à se faire cajoler.

— Je ne... Il pensait arriver sur le coup de huit heures. De toute façon, il a la clé. Il saura bien se débrouiller...

— Je te dépose chez toi...

Harjunpää mit le moteur en marche, enclencha les essuie-glaces et alluma les phares. La neige fila devant les pinceaux lumineux comme un tourbillon de plumes.

— Ne crois pas que ce qui s'est passé ce matin me travaille, dit doucement Onerva quand ils arrivèrent au pont de Kulosaari. Ne crois surtout pas ça. Mais quand même, quelquefois... Morten devait venir hier, mais au dernier moment il a dû participer à un séminaire de cardiologues. Et tu sais ce que ça donne quand tu es fatiguée et seule et que tu te mets à envisager des tas de choses... Parce que, pour tout te dire, je ne connais pas grand-chose de son passé. Je ne lui ai jamais posé de questions indiscrètes. Le présent me suffisait. Mais il a été marié et il revoit encore de temps à autre son ex-femme. Je ne distingue aucune tromperie là-dedans. Pourquoi est-ce qu'ils devraient se haïr ? Est-ce que ce serait mieux ? Il y a déjà assez de haine dans le monde...

— Oui.

— Et quelque part, j'ai aussi l'impression... Si tu as dans ta vie ne serait-ce qu'un peu de bonheur, quelqu'un essaie de te le retirer. Si tu es heureux pendant un petit moment, c'est pour les autres un crime qu'il faut punir... Et le plus étrange, c'est que tu te mets toi aussi à penser de la même façon, à devenir soupçonneux. Et tu ne sais plus vraiment...

Harjunpää toucha la main d'Onerva. Ils effectuèrent le reste du trajet en silence. À l'est, la neige ne tombait pas aussi dru. La tempête approchait seulement.

Harjunpää ne roula pas jusqu'à la porte d'entrée du bâtiment d'Onerva. Il bifurqua en direction du parking situé en contrebas de la cour. Il savait déjà qu'il n'aurait pas le temps d'attraper le train escompté, ni peut-être même le suivant — le trajet avait pris bien plus de temps que prévu. Puis il devait encore passer à l'hôtel de Police pour faire enregistrer le retour du véhicule.

— On recommence à quelle heure ? demanda Onerva en s'apprêtant à ouvrir la portière.

— À neuf heures. Non, attends... On ne viendra qu'à onze heures, comme ça on aura le temps de dormir un petit peu plus.

— O.K.

— Écoute...

— Oui ?

— Tout va bien ? C'est sûr ?

— Oui, oui...

Onerva serra son sac sous son bras, gravit d'une traite l'escalier en bois sans regarder en arrière et disparut derrière la haie qui bordait la cour. Seuls ses cheveux blonds se détachèrent encore une fois dans la nuit avant qu'elle n'échappe complètement à la vue d'Harjunpää. Il fit demi-tour et s'engagea sur la route d'Ounasvaara en accélérant progressivement, puis il freina tout à coup, si brutalement que la voiture dérapa sur quelques mètres, roues bloquées. Il resta un instant immobile, retenant même son souffle comme s'il tentait d'entendre quelque chose. Puis il regarda sa montre — huit heures moins vingt. Il jeta un coup d'œil par la vitre latérale, un coup d'œil presque coupable, prudent en tout cas, comme s'il craignait d'être vu par Onerva. Mais le parking était vide, de même que l'allée qui menait à la cour. Les fenêtres constellaient de lumière les murs des immeubles. Personne ne semblait regarder dehors.

Harjunpää passa la marche arrière et recula en faisant vrombir le moteur. Il se dit que le plus judicieux serait de quitter la voiture et d'aller traîner aux alentours de la cour, ou peut-être de se rencogner dans l'embrasure d'une des portes. Et quelque chose en lui l'accabla de reproches, lui disant qu'il était stupide et déloyal, et peut-être même jaloux comme un gamin, mais il refoula cette pensée, tâchant de se persuader qu'il s'agissait d'une simple précaution, que personne n'en saurait jamais rien. Il eut le temps de revenir sur le parking et de dissimuler la Lada derrière une grosse camionnette, mais il n'était pas encore sorti que le Central appela :

— Est-ce que Nykänen ou Harjunpää des Homicides me reçoivent maintenant ?

Il décrocha le micro du tableau de bord et abaissa l'interrupteur.

— Harjunpää. Dans la Huit-trois-deux, à Mellunmäki. Je vous reçois. Je rentre bientôt à la division.

— Négatif, votre destination n'est pas la division. Prenez la direction de Maunula, route de Suursuo. Elle commence à côté du centre commercial. Une fois là-bas, tâchez de mettre la main sur votre patron pour avoir tous les détails.

— Norri ?

— Vauraste.

Harjunpää demeura complètement décontenancé pendant un instant et ne pensa même pas à annoncer la fin de la communication.

— Alors, Huit-trois-deux ? Vous avez bien compris ?

— Oui. Vous n'auriez pas par hasard une idée de ce qui se...

— Vous n'écoutiez pas votre radio ? C'est la panique, là-bas. De pire en pire. Ça fait déjà des heures que ça dure. On a tenté de tuer une femme. À l'heure actuelle, l'individu s'est retran-

244

ché dans l'appartement où les faits se sont produits. D'après ce que j'ai compris, il s'agit d'un gars que vous connaissez bien...

— Bien reçu, lâcha Harjunpää en raccrochant brusquement le micro. Il fut en proie à une telle surexcitation qu'il dut batailler pour remettre le contact. Puis il se dit qu'il devait aller chercher Onerva, mais se ravisa aussitôt. Onerva avait bien mérité une soirée de liberté. Et cela lui aurait coûté plusieurs minutes précieuses. À Maunula, il devait déjà y avoir suffisamment de monde pour que la présence d'Onerva ne soit pas nécessaire. Il démarra si brusquement que les pneus firent gicler la neige et le gravier. Il rejoignit la rue, prit la route de Mellunmäki en chassant de l'arrière, songea à s'arrêter pour mettre le gyrophare sur le toit et actionner la sirène mais n'en eut pas la patience et se mêla au flot de la circulation. Quelques minutes plus tard, la contrariété commença à le gagner. Il éprouva le sentiment désagréable qu'on s'était joué de lui et d'Onerva, qu'ils s'étaient toujours trouvés au mauvais endroit au mauvais moment, que tout leur travail avait été fait en pure perte, que d'autres allaient en récolter les fruits. Il serra très fortement les dents pendant quelques instants. Puis sa contrariété se dissipa et céda la place à une satisfaction teintée de malice : envers et contre tout, ils avaient eu raison et tout le monde le savait maintenant. Y compris Vauraste.

18

Panique

Le centre commercial apparut à sa droite. Harjunpää rétrograda et freina, puis enclencha le clignotant. Des voitures étaient garées le long des deux côtés de la rue. Sur le trottoir, des gens grouillaient en tous sens, avec une certaine fébrilité, les uns arrivant, les autres repartant. La Saab de Police Secours était garée en travers de la rue adjacente. Son gyrophare lançait des éclairs à un rythme régulier et teintait de bleu les visages des deux policiers en faction. Harjunpää fit un appel de phares. Les hommes reconnurent la Lada et lui firent signe de passer. L'un d'eux se pencha pour lui crier quelque chose — Harjunpää ne comprit pas quoi, sa vitre étant relevée. Quelque part plus loin, on beuglait avec un mégaphone.

Après un virage, la rue changeait de nom et devenait Route de Suursuo. À droite s'étendaient un taillis et un petit lotissement de maisons individuelles. À gauche, des immeubles, avec quelques arbres. Droit devant, tant d'autres gyrophares bleus fulguraient qu'il aurait été vain d'essayer de les compter. On en trouvait jusque dans les cours des maisons. Les phares de la Lada tombèrent sur un ruban de signalisation tendu quelque part et firent chatoyer ses couleurs rouge et jaune. Les ceintures et les brassards des policiers se détachèrent en blanc. Des badauds, Harjunpää ne distinguait guère que les visages. Il continua d'avancer, le moteur au ralenti. Il commençait maintenant à se rendre compte de l'ampleur du dispositif déployé et comprit pourquoi Vauraste lui-même s'était déplacé. Il devait admettre qu'il avait sous-estimé Torsten, qu'il ne l'avait à aucun moment cru capable de déclencher un tel remue-ménage. Il ne ressentait plus de joie malicieuse, ni de joie d'aucune sorte, rien qu'une vague inquiétude qui allait croissant au fur et à mesure qu'il s'approchait de la mêlée des gyrophares.

Puis il aperçut les véhicules des Service Techniques au sein de tout ce chaos. Ils étaient là tous les deux, à cheval sur le trottoir. Personne ne se trouvait à l'intérieur mais des curieux grouillaient autour. Un peu à l'écart étaient garées deux ambulances, moteur en marche et phares allumés, le hayon arrière de l'une d'elles déjà ouvert par avance et les poignées d'un brancard apparentes. Les cigarettes des pompiers rougeoyaient. Devant le côté borgne de l'immeuble central stationnait un énorme bus rouge fluorescent — c'était le véhicule du P.C. des pompiers. Harjunpää se gara au bord du trottoir d'un coup de volant énergique et sauta dehors sans même prendre le temps de fermer les portières à clé. Il partit le long de la rue, dépassa les curieux et ne s'arrêta que devant la corde tendue entre les bâtiments. Dans l'air commençaient à danser des flocons de neige. Par les vitres des voitures s'échappaient des messages survoltés. Une radio portative grésilla quelque part dans la nuit. Très loin, une sirène gémit.

— Mais bon sang, éteignez les lumières aux fenêtres ! hurla quelqu'un dans le mégaphone, et l'écho fragmenta les mots pour les faire rebondir de mur en mur. L'appartement avec les rideaux rouges, éteignez la lumière ! Et l'homme là-bas à côté de la corde, écartez-vous avant de recevoir une balle dans la tête !

L'écho ne répercuta que « têt-têt-têt... » dans l'air. Harjunpää réalisa que personne d'autre que lui ne se trouvait près de la corde. Il tressaillit comme s'il venait d'échapper de justesse à une catastrophe, baissa la tête et se mit à courir vers la façade latérale de l'immeuble de droite. Le policier posté à l'angle gesticula rageusement à son intention — c'était Valkonen, de la Circulation. Ils avaient autrefois suivi les mêmes cours de formation de base.

— Salut...

— Qu'est-ce que tu foutais là-bas ? grogna Valkonen. On a déjà bien assez d'emmerdes avec les curieux. Va savoir ce qui peut se passer s'il lui prend l'envie de se mettre à canarder par la fenêtre.

— Canarder ? lâcha Harjunpää. Il se souvint du cliquetis métallique qu'il avait entendu rue de Tehdas — il l'avait cru produit par des clés.

— En tout cas, il va sûrement pas se mettre à lancer des cailloux, après tout ce qu'il vient de faire.

— Ils comptent procéder comment, ici ?

— On se le demande depuis le début de la soirée. Mais les patrons n'ont pas encore réussi à se mettre d'accord. Tu n'aurais pas une clope ? Les miennes sont restées dans la voiture, bordel de merde.

Harjunpää extirpa son paquet et en sortit deux cigarettes d'une chiquenaude.

— Le fumier a essayé de buter sa femme, commença Valkonen, avec l'air secrètement ravi que prennent ceux qui sont au courant avant les autres. Les voisins auraient entendu des cris démentiels puis un raffut terrible dans l'appartement, comme si la gonzesse avait voulu se tailler en courant. Ensuite, bam-bam-bam-bam, quatre coups de feu. Trois balles l'ont touchée, mais elle a réussi à s'enfuir dans l'escalier. Elle en avait une dans la cuisse, une autre dans le ventre et une troisième quelque part dans les poumons. Il paraît qu'elle peut encore s'en sortir. L'autre pourriture a fermé la porte et tiré au moins deux fois à travers quand les gars de Police Secours ont rappliqué... Ça a fait gicler des éclats de bois partout. Il continue à se tapir là-dedans dans le noir et il tourne en rond, mais il refuse d'entrer en contact.

— Tu ne sais pas où est Vauraste ? Le patron de la Criminelle...

— Là-dedans, des patrons il y en a autant que des loups dans une horde, dit Valkonen en agitant sa cigarette en direction du véhicule du poste de commandement. Il paraît qu'ils sont en train de se demander s'ils doivent appeler la division de Karhu ou s'ils doivent faire venir un chariot élévateur pour qu'on donne l'assaut nous-mêmes par la fenêtre.

— Je te remercie.

Harjunpää s'élança au petit trot vers le bus. Les lumières étaient allumées à l'intérieur et le faisaient luire dans la nuit comme un grand aquarium, mais les vitres étaient embuées et Harjunpää ne réussit pas à voir qui se trouvait dedans.

— Je l'ai déjà dit plein de fois, le règlement devrait juste autoriser les gars à emporter leur gourdin à la maison ! cria Valkonen dans son dos, mais Harjunpää ne comprit pas l'allusion, ni ce qu'il y avait de drôle. Il lui fit cependant un signe de main en retour.

Le moteur du bus tournait et les vapeurs de diesel empuantissaient l'air et piquaient les yeux. Harjunpää écrasa sa cigarette sous son talon et appuya sur le bouton recouvert de caoutchouc qui saillait sur le flanc du bus — l'air comprimé siffla, la porte s'ouvrit et il entra précipitamment. Au premier abord, l'intérieur ressemblait à un fourre-tout indescriptible. Le véhicule était bondé jusqu'au plafond de consoles, d'appareils radioélectriques et de machines qui lui étaient inconnues. Plusieurs haut-parleurs diffusaient simultanément des messages, de sorte qu'il ne pouvait rien comprendre, et on avait l'impression que des témoins lumineux de couleurs différentes brillaient partout. L'air était bleui par la fumée des cigarettes. On sentait les vibrations du moteur sous les pieds et les vitres tremblaient doucement. Plus loin, vers le fond, un groupe d'hommes était assis autour d'une table basse. Harjunpää ne reconnut que le directeur de la Police Judiciaire — Tanttu —, le patron des Services Techniques et Scientifiques, et Vauraste. Les autres étaient des commissaires de la Division Administrative, et celui qui lui tournait le dos était peut-être le directeur adjoint de la Sûreté Nationale ou même le Directeur Général lui-même. Il n'en était pas sûr, mais en tout cas les épaulettes étaient argentées. Vauraste aperçut Harjunpää, adressa un bref sourire aux autres, se leva et se dirigea vers la porte.

— Écoutez, commença Vauraste sans cesser de sourire, mais Harjunpää vit que son sourire était faux, un simple masque qui dissimulait une tension et une contrariété extrêmes. Est-ce qu'il vous est arrivé de parler armes avec Sorvari ? Du genre d'armes qu'il possède...

— Pardon ?

— Étant donné qu'il a été votre subordonné en dernier lieu... Est-ce qu'il vous a dit quel genre d'armes étaient en sa possession ? Des fusils ?

— Que... Qui est en possession d'armes ?

Harjunpää se cramponna à la barre transversale. Une terreur obscure naquit en lui, comme chez un automobiliste qui a entendu dans l'obscurité quelque chose heurter le flanc de sa voiture et qui espère que la masse étendue sur la route soit un chien ou un renard, bien qu'il sache déjà ce dont il s'agit.

— Eh bien, Sorvari ! répliqua Vauraste en crispant ses doigts comme s'il enrageait de ne pas être compris. Veikko Sorvari. Bingo... D'après les médecins, il a tiré sur sa compagne avec un pistolet de petit calibre, mais quand la patrouille est arrivée sur les lieux, il s'est servi d'une arme plus puissante. Il faut que nous sachions exactement à quoi nous en tenir avant de... Vous comprenez ?

Harjunpää serrait la barre de toutes ses forces. Elle vibrait au rythme du moteur, par petits mouvements ondulatoires. Les vibrations commencèrent à se transmettre en lui et son visage à le picoter comme s'il tombait du grésil dessus ou comme s'il était envahi par des centaines de fourmis.

— Vous m'avez entendu ?

— Je... Je ne sais pas. On n'en a pas parlé...

Il ouvrit la bouche pour tenter de reprendre son souffle — l'air dans le bus était suffocant et vicié. Il avait l'impression qu'on lui enfonçait quelque chose dans les narines. Il recula d'un pas vers la porte. Il savait qu'il devait sortir au plus vite, aller n'importe où. Mais Vauraste le suivit et leva la main pour le retenir.

— Bon... Alors d'après vous, rien ne permettait de s'attendre à cela ? Je pensais pourtant avoir clairement dit...

— Je ne suis pas là pour... Je n'ai pas eu le temps d'espionner qui que ce soit. Il se débrouillait...

— Ah ! C'est votre excuse ! cracha Vauraste, et ses yeux ne furent plus soudain que deux fentes étroites d'où filtrait une lueur féroce. J'espère que vous comprenez bien que cette affaire sera épluchée dans les moindres détails. En principe, chacun est responsable de ses actes, bien sûr, mais personne ne peut nier que cette responsabilité retombe parfois sur d'autres, aussi. Au moins d'un point de vue moral...

Les gyrophares jetaient des éclairs à l'extérieur. Par les vitres embuées du bus, on aurait cru qu'il s'agissait d'une succession ininterrompue d'arcs électriques — ou, plutôt, que la lumière bleue était le noyau polaire d'où venaient la neige et le frimas.

— D'un autre côté, qui pourrait empêcher ces tragédies ? demanda Vauraste à voix basse, presque dans un souffle, et Harjunpää sut que le patron ne s'adressait plus à lui. La porte s'ouvrit en chuintant et il bascula quasiment dehors. Maintenant, la tempête était à son comble et projetait des rafales de neige sur son visage et sur son cou dénudé.

Il resta là, à côté du bus, au milieu d'un nuage de gaz d'échappement, sans savoir où aller ni quoi faire. Il essaya de penser à Bingo mais n'y arriva pas. Il n'arrivait même pas à le haïr pour ce qu'il avait fait. Il n'arrivait à se souvenir que de sa chemise, une chemise en flanelle à carreaux rouges, avec le bouton du haut noir et les autres blancs. Il ne se rappelait pas le visage de Bingo. Chaque fois qu'il essayait, il voyait le visage du laveur de carreaux qui s'était écrasé sur le bitume. Il se rappela les journées écoulées, pas dans leur intégralité ni dans l'ordre, mais un instant par-ci, un autre par-là, un mot. Et d'autres mots qui n'avaient pas été prononcés. Et subitement il saisit que Bingo avait appelé au secours depuis tout ce temps-là, l'avait supplié au travers de chacun de ses gestes. Mais il n'avait pas compris, le message n'était pas passé.

— Oh mon Dieu... Non, pas ça...

Harjunpää eut un haut-le-corps comme si quelqu'un l'avait heurté, s'élança au pas de course, contourna le bus en dérapant sur la chaussée, fonça vers l'angle de l'immeuble et dépassa les policiers postés là, se glissa sous la corde sans répondre à leurs interjections, continua d'avancer, les poumons en feu. Sous le porche, trois policiers montaient la garde ou s'abritaient de la tempête, et l'un deux l'aveugla avec le faisceau de sa torche.

— Je suis de la Brigade Criminelle. Harjunpää...

— On s'en doute. Vous aussi, vous voulez aller là-bas pour vous arracher les cheveux ? Il ne manque plus que vos femmes de ménage et le personnel de la cantine...

— Laissez-moi passer...

Il les repoussa et ouvrit brutalement la porte. Le hall d'entrée fourmillait d'individus aussi bien en uniforme qu'en civil. Harjunpää ne les connaissait pas tous. Quelqu'un manipulait la culasse d'un fusil à lunette. Tammelund, des Stups, était accroupi par terre et parlait dans la radio. L'odeur de la neige fondue dans les chaussures et des cigarettes écrasées par terre imprégnait l'air. Celle du sang séché aussi, légèrement. Une épaule en avant, il se faufila entre les hommes, sans parler à personne, et se mit à grimper les marches quatre à quatre en se propulsant à l'aide de la rampe avec tant de vigueur que sa paume ne tarda pas à le brûler.

Un silence inattendu régnait dans la cage d'escalier, comme si l'escalier lui-même écoutait ce qui se passait, ou comme si, au contraire, il ne se sentait pas concerné par toute cette agitation. À chaque étage, un agent en uniforme veillait à ce que les habitants restent chez eux, à l'écart du danger. Les portes étaient soigneusement fermées, comme si elles voulaient signifier que personne ne se trouvait derrière elles, que le malheur devait passer son chemin. Mais Harjunpää percevait cependant de nombreuses présences, des dizaines de personnes aux aguets qui écoutaient tout ce qui se passait dans la cage d'escalier et s'interrogeaient sur la signification de ses pas.

Plus haut, une radio crachota, suivie par un tous-sotement étouffé, puis un mot fut chuchoté. Sur les marches, il y avait du sang. Il avait coulé en abondance, mais il avait déjà séché et pris une teinte foncée. Il y en avait de longues traînées sur les murs aussi. Harjunpää poussa un grognement. Il vit une femme prénommée Marketta descendre l'escalier en chancelant tout en redoutant à chaque instant que d'autres coups de feu soient tirés dans son dos.

Quatre hommes se tenaient sur les marches : les deux collègues de nuit des Homicides, Filen — le commissaire de permanence, de la division des Incendies — et l'inspecteur Latvala, du troisième district. Tous portaient un casque sur la tête et un gilet pare-balles sous leur blouson. Latvala était accroupi et scrutait le palier derrière l'angle, sa main armée d'un revolver de gros calibre appuyée contre le mur. Le deuxième nuiteux, Näppilä, suivait distraitement du bout des doigts les veines de la crosse du pistolet mitrailleur accroché à son cou. Filen écoutait la radio, le visage tendu.

— Salut.

— Salut...

— Merde, ils n'arrivent pas à se mettre d'accord, grommela Filen en abaissant la radio. Kettunen prétend qu'il n'arrête pas de tourner en rond dans l'appartement en pleurant, mais Thurman pense qu'un homme ferait obligatoirement plus de bruit. Bon, voilà ce qu'on va faire...

Il aperçut Harjunpää et demanda :

— Ce n'est pas chez vous qu'il était en dernier ?

Harjunpää eut l'impression que cette question avait tout d'une accusation.

— Oui, lâcha-t-il hors d'haleine. C'est pour ça que je suis venu. Je vais essayer...

Il atteignit le palier en quelques enjambées, sans remarquer que quelqu'un lui tendait un porte-voix. Il jeta un coup d'œil aux éclats de bois qui jonchaient le sol et cria :

— Veksi ! C'est Timo ! Harjunpää !

Quelqu'un le tira en arrière par le manteau.

— Fais pas le con ! Ne prends pas de risques inutiles !

— Veksi ! Marketta est vivante ! cria Harjunpää de toutes ses forces. Les mots résonnèrent en produisant un tintamarre incompréhensible, et quelque chose lui dit qu'il était trop tard, mais il refusa d'y croire et cria à nouveau : Veksi ! C'est Timo ! Marketta est vivante !

L'écho s'apaisa et le silence commença à bourdonner dans ses oreilles, sans qu'aucune réponse ne parvienne de l'appartement de Bingo. Harjunpää prit mollement appui sur le mur.

La radio de Filen crépita et une voix demanda aussitôt après :

— Est-ce que Harjunpää est là ?

— Oui.

— Je dois lui parler. De toute façon, on ne va

pas s'éterniser ici, c'est grotesque. On va sortir, alors pas de geste inconsidéré.

— O.K. Bien reçu.

Latvala enserra le poignet de son bras armé. Näppilä libéra son pistolet-mitrailleur et s'accroupit à côté de la rampe, braqua le canon vers le fond du palier et repoussa le cran de sûreté.

— Ils sont dans l'appartement d'à côté, chuchota Filen à Harjunpää. Thurman et Kettunen. Ils suivent avec un stéthoscope tout ce qu'il fabrique.

Une porte à peine visible depuis l'escalier s'entrouvrit et quelqu'un agita la main de façon interrogatrice dans l'entrebâillement. Filen hocha la tête. La porte s'ouvrit complètement et Thurman apparut, Kettunen collé à ses talons. Les deux hommes traversèrent le palier en quelques pas rapides, le cou rentré dans les épaules. Kettunen tenait un stéthoscope dans ses mains. Il ne s'agissait pas d'un appareil ordinaire comme celui dont se servent les médecins. Celui-ci avait été importé d'Allemagne tout particulièrement pour les situations où l'ennemi se barricadait. Il permettait d'entendre le moindre chuchotement à travers les murs les plus épais.

— Timo, dit Thurman. Son regard était rivé sur Harjunpää et son expression avait quelque chose d'étrange, de douloureux. Harjunpää comprit ce qu'il voulait dire, et aussi qu'il ne pouvait pas s'exprimer à voix haute à cause des autres.

— C'est pas la peine, dit Harjunpää très bas. On a tous dégueulé sur lui...

Thurman passa la main sur son front et s'éclaircit la gorge. Puis il demanda sur le ton de la conversation :

— Est-ce qu'il a un chien ?

— Je ne... Si, oui ! Il m'a parlé une fois de la façon dont Honey lui léchait les mains...

— Compris, souffla Thurman en claquant des doigts. C'est le chien qui trottine et qui gémit là-dedans. J'avais bien dit dès le début qu'un homme ne peut pas...

— C'était pas clair parce que la radio est allumée, là-dedans, intervint Kettunen. Mais pourquoi est-ce qu'il n'aboie pas ou qu'il ne hurle pas ?

— Il y en a des comme ça.

— Il a peut-être tiré sur lui aussi et il l'a blessé. Salopard de rat...

— Et Bingo ?

— Il est mort, dit Thurman. Il s'est tué. Dès que les gars de Police Secours sont arrivés. La balle qui a traversé la porte était un coup manqué. Et avec la deuxième, il s'est tué.

— Merde alors, dire qu'on n'a pas eu l'idée de demander aux voisins s'il avait un chien !

— Mais non, il ne s'est pas suicidé ! Il n'en a pas assez dans le ventre pour ça. Il s'est bourré la gueule, plutôt, et il est vautré là-dedans, ivre mort.

— C'est du pareil au même, grommela Thurman. Maintenant, la plaisanterie a assez duré. On va entrer. Il a peut-être juste perdu connaissance et il a besoin d'aide. Donne-moi la clé.

— Je préviens les directeurs, dit Filen en levant la radio à hauteur de sa bouche, mais Thurman lui saisit le poignet et le força à baisser le bras.

— Rien du tout. On les préviendra après. On dira que la porte n'était pas fermée à clé. Un courant d'air l'a ouverte et nous a permis de voir... Sinon ils vont commencer à pinailler, histoire de se demander s'il est mort ou pas et de décider lequel d'entre eux aura le droit de diriger l'assaut pour avoir une médaille le jour de la Fête Nationale. Et nous, on sera encore là demain matin. La clé...

Pendant un instant, tout le monde garda le silence et demeura immobile. Puis Filen enfonça une main dans sa poche, sortit la clé et la tendit à Thurman avec un petit signe de tête. Latvala et Näppilä empoignèrent leurs armes plus fermement. Thurman se débarrassa de son manteau et le laissa tomber sur les marches, cala la tête de la clé entre ses doigts épais et se dirigea sans un mot et à pas de loup vers le fond du palier. Filen amorça un geste comme s'il avait voulu le retenir, mais préféra se tourner vers Harjunpää.

— Ce Honey, tu es vraiment sûr que c'est un chien ? murmura-t-il d'une voix étranglée — commissaire depuis peu, il n'avait qu'un an ou deux de plus que Harjunpää mais avait progressé rapidement dans la hiérarchie. Ce n'est pas un cochon d'Inde ou...

— Je...

Subitement Harjunpää eut trop chaud. Il sentit la sueur dégouliner le long de ses flancs. Il se rappela avec quel silence Bingo était capable de se mouvoir, comment il l'avait fait sursauter en se glissant dans son dos sans un bruit, que ce soit rue de Perus ou à la division. Il pivota et partit derrière Thurman, mais Filen lui agrippa le coude et le tira en arrière. Les autres semblaient eux aussi avoir deviné le danger. Ils se baissèrent subitement comme pour s'abriter par avance des éclats de bois qui risquaient de gicler de la porte.

Harjunpää fixa ses pieds et serra les poings. Ils étaient comme deux pierres. Il les serra encore plus fort, et la sueur qui ruisselait maintenant sur son visage lui piquait les yeux. Il écouta les pas de Thurman — ceux-ci étaient très espacés. On les distinguait à peine, et on aurait dit que Thurman s'arrêtait par moments pour prendre une profonde inspiration. Un faible cliquetis se fit entendre — Thurman introduisait certainement la clé dans la serrure. Puis il y eut un craquement, et de nouveau le silence. Ensuite les charnières grincèrent, pas très bruyamment, mais assez pour que l'on ne puisse pas se tromper sur l'origine du son, et aussitôt après vint un bruit de choc — Thurman avait dû pousser la porte.

— Les gars, dit Thurman d'une voix fêlée, y a rien que de la viande froide ici...

Tout le monde se mit à parler et à bouger en même temps. Des semelles martelèrent l'escalier. Le battant de la porte claqua quand on l'ouvrit en grand. Harjunpää resta sur place, se maintenant à la rampe, la serrant à faire blanchir ses jointures.

— Putain, quel merdier...

— Mais il a tiré comme il faut. Il a serré les lèvres autour du canon. Si on garde la bouche ouverte, la pression s'échappe sans faire exploser le cerveau. Ça fait juste trembler les joues...

— Le chien est sous le lit... C'est un Golden Retriever. Ils n'aboient jamais.

— Ne marche pas là-dessus ! Et fais gaffe ! Il y a des gouttes qui risquent de tomber aussi du plafond...

— Filen, dans l'escalier, à poste de commandement ! Opération terminée. La cible s'est suicidée. Avant le début de l'opération, on dirait.

— Poste de commandement. Bien reçu. Que tout le monde reste en place.

Des propos agités et des pas pressés provinrent du rez-de-chaussée. La porte d'entrée se mit à claquer sans discontinuer.

Harjunpää lâcha la rampe et se retourna. Il gravit lentement les dernières marches, fit quelques mètres sur le palier et s'arrêta devant la porte ouverte, derrière les autres. Entre Latvala et Kettunen, il ne pouvait pas voir Bingo en entier — celui-ci était étendu sur le dos. Sa chemise était la chemise en flanelle à carreaux rouges. Un de ses pieds était nu. L'autre portait une pantoufle de feutre avec un pompon bleu. L'air sentait la poudre et le sang. Au plafond s'étalait une tache sombre. Le chien gémissait. Harjunpää mit une main devant sa bouche et fit demi-tour. Il commença à descendre l'escalier, la hanche pressée contre la rampe. Quelqu'un le croisa en courant, puis un autre, et encore un autre, et il eut ensuite devant lui tout un groupe d'hommes, ceux qui s'étaient trouvés dans le bus, sans doute. Les insignes brillaient. Il s'aplatit contre le mur pour leur céder le passage, se rappelant vaguement avoir vu un jour dans le journal une photo représentant des hommes d'État lors d'une chasse à l'élan, mais sur la photo, il y en avait un qui arborait sur son chapeau le rameau du tueur. Vauraste fermait la marche, comme s'il avait tenu à prendre son temps. Il dépassa Harjunpää mais s'arrêta quelques marches plus haut et se racla la gorge :

— Est-ce qu'on a vérifié si le fiancé d'Onerva Nykänen était fiché chez nous ? demanda-t-il d'une voix atone — on pouvait tout au plus y déceler de la fatigue.

Harjunpää ne répondit pas. Cela lui semblait si superflu.

— Sorvari est venu me voir hier, poursuivit Vauraste. Mais je ne l'ai pas pris au sérieux. Je pensais qu'il était... Mais aujourd'hui, je ne sais plus. Il ne faut rien laisser au hasard. Assurez-vous-en. Même si on peut considérer que l'affaire est bouclée, maintenant.

Vauraste se remit à monter, Harjunpää à descendre.

Ce ne fut qu'une fois arrivé au rez-de-chaussée qu'il comprit. Il se figea, la respiration bloquée. Il revit mentalement Onerva sortir de la voiture en serrant étroitement son sac à main sous son bras. Avec son revolver dedans. Il lui était déjà arrivé de la reconduire à Mellunmäki, mais jamais elle n'avait emporté son arme de service chez elle. Elle lui avait toujours demandé de déposer celle-ci à la division. Et il pensa à Bingo, au pied nu de Bingo, aux assertions de Bingo, à une chose qu'Onerva avait dite au cours de la soirée — il ne se rappelait pas quoi précisément, mais il ne prit conscience qu'à cet instant que ses propos avaient été chargés de suspicion. Il eut un soubresaut et partit en courant vers la porte. Un nombre croissant de policiers se bousculaient devant pour entrer. Harjunpää joua des coudes en se débattant.

— Laissez-moi passer ! Laissez-moi passer, bande de cons !

Quelqu'un lâcha un juron et lui rendit un de ses coups en criant son nom, mais il ne s'arrêta pas et se remit à courir, ses doigts tâtonnant dans sa poche à la recherche des clés de la Lada.

19

Morten

Le câble qui partait du tableau de bord sortait
par la vitre ouverte côté passager et serpentait
jusqu'au gyrophare qui flamboyait sur le toit. Il
claquait sous les rafales de la bise brutale et
cinglante qui entrait en sifflant et faisait frissonner Harjunpää. Mais celui-ci n'essaya même pas
de remonter la vitre pour diminuer l'ouverture. À
une telle vitesse, c'eût été de la folie. Les mains
crispées sur le volant, il sentait à quel point le
moindre geste imprudent risquait de faire chasser
la Lada de l'arrière. La neige filait en fines
rayures blanches dans les faisceaux des phares,
mais plus haut elle se teintait de bleu et ressemblait à une sorte de poudre immatérielle, et les
sirènes hurlaient sous le capot, mais plus de façon
agressive, maintenant. Elles vagissaient comme si
la neige avait obstrué la calandre, ou comme si
elles étaient lasses de se démener et voulaient
dire que cela n'en valait plus la peine.

Il réussit enfin à doubler une Passat jaune,
franchit en cahotant le bourrelet de neige qui

265

s'était formé entre les voies, se rabattit et aperçut alors une cabine téléphonique — elle ne se trouvait pas au bord du périphérique mais plus à droite, de l'autre côté du carrefour, au milieu d'un îlot de petits immeubles. En premier lieu, il songea qu'il était inutile d'appeler, que ce ne serait qu'une perte de temps, mais il constata ensuite qu'il n'était même pas à mi-chemin et se rappela qu'il avait déjà failli se retrouver deux fois dans le fossé. Il leva prudemment le pied et mit le clignotant, rétrograda en troisième, puis rapidement en seconde. Il approchait de la bretelle de sortie et commença à virer en douceur. La Lada se retrouva dans la rue qui menait vers les immeubles. Harjunpää repoussa l'interrupteur et les sirènes se turent. La neige crépita contre les ailes et les congères raclèrent le fond du châssis. La lumière bleue dansait fébrilement le long des murs et des poteaux. Il se gara devant la cabine téléphonique d'un coup de volant leste et sortit de la voiture, sans savoir exactement où il se trouvait. Le moteur continuait de tourner, les phares restaient allumés, et le gyrophare jetait toujours ses feux comme l'œil d'une sentinelle monstrueuse.

Il franchit d'un bond le talus neigeux et traversa le trottoir, une main à la recherche de son porte-monnaie, ouvrit d'un coup sec la porte de la cabine et s'aperçut à son propre étonnement qu'il n'était pas loin d'être calme au sein de toute cette frénésie. Il était calme comme on l'est quand l'accident que l'on redoutait a eu lieu, quand il ne sert plus à rien de se hâter, quand il ne reste plus qu'à essayer de sauver ce qui peut encore l'être. Il enfonça un mark dans l'appareil et se mit à composer le numéro d'Onerva, découvrant dans le même temps qu'il ne savait pas quoi lui dire. Incapable de rassembler ses idées sur-le-champ, il laissa néanmoins le cadran achever sa course.

Le téléphone sonna. La sonnerie était longue et cristalline, différente de celle de chez lui. Il pensa à Onerva. Il se dit qu'elle était peut-être en train de poser son verre ou sa tasse ou sa cuillère, de maugréer, de se lever. La sonnerie retentit une deuxième fois. Harjunpää se frotta le menton. À l'extérieur, à intervalles d'une seconde, le gyrophare bleu éclaboussait les parois de la cabine d'une couleur artificielle, pourtant on aurait dit cette fois-ci qu'il ne répandait pas de la lumière mais de l'ombre. La sonnerie retentit une troisième fois.

— Réponds Onerva ! Réponds, réponds...

Le téléphone sonnait et le gyrophare crachait des flammes. Harjunpää se perdit dans son compte. Il ne savait même plus ce qu'il comptait. Puis il lui sembla qu'il avait attendu une éternité, qu'il était vain de continuer. Il raccrocha, se disant qu'ils étaient peut-être sortis, sachant immédiatement que c'était faux. Onerva était fatiguée et d'après ce qu'elle lui avait raconté, il en avait déduit qu'ils n'allaient presque jamais nulle part, qu'ils préféraient rester confortablement ensemble à la maison.

Harjunpää vida ses poumons en expirant violemment. Une tache de buée se forma sur la vitre. Et maintenant l'anxiété l'envahit de nouveau. Il crispa ses mâchoires et consulta sa montre — dix heures moins huit, déjà. Il décrocha de nouveau le combiné et composa le numéro de la permanence de la P.J..

— Police Judiciaire.

— C'est Harjunpää ! Écoutez...

— Salut, c'est Boule de Feu ! Tu ne devineras jamais ce que votre Bingo a fait !

— Je sais ! J'y étais ! Sois gentil, demande aux renseignements les coordonnées du gardien du 1, route d'Ounasvaara, et appelle-le. S'il a déjà eu le temps de verrouiller les portes des bâtiments, alors dis-lui de venir m'attendre devant l'escalier C... O.K. ?

— Il aurait pu tirer sa révérence avec un peu plus de modestie. Imagine un peu ce que ça va coûter aux contribuables ! Le véhicule du P.C. et les ambulances et tous nos gars... Ça fait des dizaines de mille.

— Bon, tu appelles ou pas ?

— D'accord, d'accord, t'énerve pas... Le gardien devant le 1, route d'Ounasvaara escalier C comme Cécilia si les portes sont fermées à clé, comme elles le sont bien sûr à cette heure-là. C'est votre Raspoutine qui se trouve là-bas ou

268

quoi ? Au fait, est-ce que tu l'as vu, Bingo ? À entendre les messages, on avait l'impression que...

Harjunpää raccrocha d'un geste brusque — le combiné tomba et resta à se balancer au bout du cordon, mais il ne s'arrêta pas pour le remettre en place. Il se rua dehors et s'engouffra dans la voiture, se disant que sa première pensée avait été la bonne, qu'il n'avait fait que perdre du temps. Il avança la main vers l'interrupteur qui brillait faiblement et le poussa à fond. L'air comprimé siffla et les sirènes se mirent à marteler : « Tii-taa-tii ! ». Il lâcha trop rapidement la pédale d'embrayage et les roues arrière patinèrent un instant avec fureur avant de trouver une prise solide, puis la voiture démarra en trombe.

Après avoir parcouru la moitié de la route de Kontula, Harjunpää éteignit les avertisseurs et ralentit. Les immeubles qui se dressaient sur sa gauche grandissaient. Il se pencha plus près du pare-brise et scruta le mur constellé de lumières, essayant de repérer la fenêtre d'Onerva, comme s'il s'attendait à ce que celle-ci lui fournisse un indice quelconque. Mais il n'arriva pas à retrouver son emplacement exact et se rendit compte que cela n'avait aucune importance. Il prit la route d'Ounasvaara et roula jusqu'au parking. Sans s'attarder à chercher un emplacement libre, il laissa la voiture au milieu de l'allée et partit en courant vers l'escalier.

Personne ne se trouvait dans la cour. Ni devant la porte du bâtiment d'Onerva. Harjunpää jura

tout bas et enjamba un bonhomme de neige cassé
à coups de pied. Il savait déjà qu'il briserait la vitre de la porte s'il ne trouvait pas d'autre moyen
d'entrer. De quelque part derrière les immeubles
vinrent des rires, puis un cri perçant. Ce ne fut
qu'à ce moment-là qu'il eut l'idée de regarder le
sol. Il marcha moins vite. Une voiture était passée
dans l'allée peu de temps auparavant — les traces
de pneus se détachaient distinctement. Elle était
venue et repartie. Le souffle court, il s'arrêta devant la porte d'entrée. La voiture avait stationné
là quelque temps, en attente. Les gaz d'échappement avaient foré un trou noir dans la neige. On
aurait dit un œil malveillant. Quelques traces de
pas étaient discernables également. Celles d'un
homme, apparemment. Harjunpää n'arrivait pas à
déterminer s'il était sorti de la voiture ou monté
dedans.

Il se redressa, gagna le porche en quelques enjambées, saisit la poignée et la tira. La porte
n'était pas verrouillée. Il se glissa à l'intérieur,
parcourut fiévreusement la liste des occupants,
trouva « Nykänen » parmi ceux du dernier étage,
vit que l'ascenseur se trouvait en bas, s'y engouffra et appuya sur le bouton du haut. La cabine
s'ébranla. Harjunpää essuya son visage sur une de
ses manches et frotta ses paumes sur ses cuisses.
Puis il glissa la main droite dans la poche intérieure de sa veste et s'assura que les menottes
étaient bien là, repoussa le pan de son manteau
et referma ses doigts sur la crosse en bois du re-

270

volver qui dépassait de l'étui. Il se sentit moins seul. L'ascenseur s'arrêta et il poussa la porte d'un geste décidé.

L'appartement d'Onerva était situé à l'extrême droite. Sur le volet qui masquait la fente réservée au courrier était marqué en lettres blanches : « Nykänen O & M ». Harjunpää leva son pouce vers le bouton de la sonnette et appuya sur celui-ci à coups redoublés. Les murs se renvoyèrent le carillon, qui sembla emplir tout l'étage. Quelqu'un se déplaça furtivement derrière l'une des portes voisines et trifouilla le volet du courrier, sans doute pour surveiller ce qui se passait. Sans se soucier du curieux, Harjunpää fit de nouveau carillonner la sonnette, tambourinant en même temps sur le battant avec les jointures de l'autre main. Puis il s'interrompit et colla son oreille à la porte mais ne perçut rien. Il se pencha, promena ses doigts sur la serrure, et constata qu'elle était juste assez large pour que ça vaille la peine d'essayer de la crocheter. Il sortit aussitôt la pochette en toile qu'Elisa lui avait confectionnée mais n'eut pas le temps d'en défaire les cordons qu'il entendit des pas. Légers et prudents, ils venaient de l'appartement d'Onerva. Sans doute possible, quelqu'un venait de traverser le vestibule et se tenait derrière la porte, hésitant sur la conduite à adopter.

Harjunpää remit la pochette dans sa veste, fit rapidement un pas sur le côté pour s'écarter de la porte et se plaquer contre le mur. Il fit sauter l'attache qui maintenait son revolver, dégaina et pointa en avant le canon aux reflets sombres sans tenir compte des signaux d'alarme que lui envoyait son instinct : si Torsten avaient eu le temps de blesser Onerva, il risquait de commettre l'irréparable — mais il n'avait rien d'autre sur lui, pas de matraque, ni même une bombe de gaz lacrymogène. La serrure couina. On s'apprêtait à la manipuler. Puis le verrou tourna et la porte fut entrouverte.

— Onerva...

Harjunpää ne put rien dire d'autre. Puis le soulagement le submergea, déferlant sur lui comme le froid ou la fatigue lors des permanences de nuit. Il se laissa aller contre le mur et son bras lesté de l'arme retomba lentement.

— Qu'est-ce qui se passe ? demanda Onerva.

Harjunpää la distinguait à peine. L'entrebâillement de la porte n'était encore qu'un simple rectangle obscur. Il ne voyait en fait que le visage d'Onerva, mais cela lui suffisait pour savoir que quelque chose n'allait pas, qu'Onerva avait pleuré.

— Tu n'as pas répondu au téléphone...

— Non. Je n'en avais pas envie... Je l'ai décroché. Je ne veux parler à personne.

Onerva fixait l'arme de Harjunpää. Elle comprenait a priori la raison de sa venue, et sur qui il s'était attendu à tomber. Harjunpää sut qu'il devait s'expliquer, ou plutôt ne pas donner d'explications mais demander pardon — laisser

Onerva tranquille et repartir. Mais il ne fit pas un geste. Il ressentait un besoin irrésistible de crier que Bingo était mort. Mais il savait aussi qu'Onerva réagirait mal dans la situation actuelle, qu'elle le prendrait comme une accusation, or il ne voulait pas se décharger de la culpabilité qui le déchirait sur les épaules d'Onerva ou de qui que ce soit.

Il lui sembla qu'elle ferma les yeux quelques secondes et eut un petit mouvement de tête qui pouvait passer pour un signe d'assentiment — en tout cas, elle poussa la porte de façon à l'ouvrir complètement et disparut à l'intérieur sans un bruit. L'obscurité semblait l'avoir avalée. Harjunpää attendit un instant avant d'entrer et referma ensuite la porte derrière lui. Il faisait froid dans l'appartement, comme si on l'avait aéré longtemps ou comme si une fenêtre était restée ouverte. Seule une des pièces du fond était faiblement éclairée, par une lampe de chevet ou quelque chose de ce genre, et le clair-obscur dévoila Onerva dans l'encadrement de la porte. Ses pieds étaient nus et elle ne portait qu'une combinaison aussi blanche que sa peau. L'ourlet et les bretelles étaient ornés d'un fin liseré de dentelle. Onerva s'était visiblement aspergé le visage. Il était encore mouillé. Même ses cheveux étaient mouillés. Mais cela ne suffisait pas pour effacer les traces des larmes.

— C'est comme ça ici, dit Onerva doucement en déglutissant. C'est comme ça que je suis...

Ses narines frémirent et elle détourna la tête, puis entra dans la pièce éclairée. Harjunpää avança jusqu'au seuil et resta là, dans son manteau alourdi par la neige fondue, avec ses chaussures dégoulinantes.

Onerva se tenait debout au milieu de la pièce, tournant le dos à Harjunpää, enserrant son buste avec ses bras, si étroitement que ses doigts émergeaient sous ses omoplates. On ne pouvait dire si elle avait froid ou si elle cherchait à se consoler.

— Je t'en avais parlé. Je savais que Morten avait été marié, dit-elle d'une voix plus forte que tout à l'heure dans le vestibule. Harjunpää comprit qu'elle essayait de se montrer brave, de faire comme si rien n'était arrivé, comme si rien ne venait de se briser. — Et Morten avait un passé, naturellement. On a tous un passé. Celui qui n'en aurait pas n'existerait pas réellement. Il ne serait qu'une illusion, une illusion façonnée par le monde. Et je savais aussi qu'il continuait à voir Beata...

Onerva prit une profonde inspiration, entrecoupée d'un hoquet involontaire, et ses doigts s'agitèrent comme si elle tentait de saisir une chose impalpable.

— Je ne m'en souciais pas, je me disais... Mais ensuite, tout ça m'est tombé dessus, ces insinuations, les soupçons... En moi-même aussi, quelque chose a changé. Je me suis mise à poser des questions indiscrètes sur Beata, sur tout, tout ce qui ne me regardait pas. Morten m'a dit qu'il aurait souhaité attendre encore un peu avant de m'en parler — Beata lui avait déjà demandé à plusieurs reprises de donner une seconde chance à leur couple. Morten m'a dit qu'il ne savait pas, qu'il avait besoin de temps pour réfléchir...

Onerva baissa la tête et enfouit son visage dans ses mains. Harjunpää faillit faire un pas en avant, comme s'il avait eu l'intention de s'approcher d'elle. Il aurait voulu la réconforter, l'aider. Mais il réalisa qu'Onerva savait aussi bien que lui que toutes les paroles réconfortantes qu'ils étaient capables de proférer l'un comme l'autre s'étaient émoussées avec les années pour ne plus être que des phrases creuses.

— Je ne comprends pas, continua Onerva d'une voix étouffée. Comment quelqu'un peut-il s'arroger le droit de réfléchir et de choisir... Comme si la vie de l'autre était un objet que l'on prend sur un rayon dans un magasin et que l'on rapporte si on en trouve un meilleur ailleurs. J'ai dit... Il a dit qu'il tenait à ce que tout reste inchangé entre nous, quelle que soit sa décision. Mais je ne peux pas me résigner à n'être qu'une espèce de remède aux mauvais jours... une... je veux être moi-même, entièrement, pour que ma vie ait un sens...

Onerva abaissa ses bras et se retourna pour regarder Harjunpää.

— Et d'un autre côté, je n'arrive pas à m'empêcher de penser que si je n'avais pas commencé à poser des questions indiscrètes et poussé Morten à prendre une décision, si j'avais laissé les choses évoluer à leur propre rythme... Mais cette maudite méfiance — elle nous colle à la peau, c'est une déformation professionnelle. Rappelle-toi comme tu étais toi-même à l'instant... L'arme au poing, le chien relevé. Et pourtant tu prétends me connaître, avoir de la sympathie pour moi. Pourquoi es-tu venu ?

Harjunpää passa la langue sur ses lèvres — elles étaient sèches et rêches, comme gercées. Soudain il se sentit si fatigué qu'il dut s'appuyer de tout son poids contre le chambranle.

— Bingo a été tué, dit-il faiblement. Il s'est tiré une balle dans la tête, et avant ça, il a essayé de tuer Marketta. Onerva... Je...

Ils se dévisagèrent longtemps sans mot dire et chacun lisait sur le visage de l'autre ce qu'il ressentait lui-même. Puis Onerva serra ses mains contre sa poitrine et se dirigea lentement jusqu'à un fauteuil, s'y pelotonna, se recroquevillant en boule comme un enfant.

— Ma faute, gémit-elle. Mais je ne pouvais pas, Timo... Je ne pouvais pas sortir avec lui... Ça n'aurait été qu'une tromperie, rien que des mensonges.

— Arrête, Onerva ! Nous tous, c'est nous tous qui l'y avons poussé...

Il s'approcha et s'accroupit, effleurant les épaules et la nuque et le dos d'Onerva, essayant de les caresser, mais ses mains étaient trop grandes et trop maladroites et ne lui obéissaient pas, et il sentait qu'Onerva se recroquevillait de plus en plus, s'enfuyait en lui criant silencieusement : laisse-moi tranquille, va-t'en ! Il se leva et songea qu'il fallait au moins aller fermer les fenêtres, mais elles étaient déjà fermées. Il ne sut rien faire d'autre que prendre une couverture sur le lit et en envelopper Onerva.

20

La feuille froissée

— Mais je me sens si consterné, dit Harjunpää
en chuchotant pour que l'épouse de Norri ne l'entende
pas mais aussi pour ne pas laisser sa voix
trembler. Ou si coupable. C'est comme si... C'est
comme si je l'avais tué moi-même...

— N'exagère pas, saint Timothée.

— Et j'y ai contribué, poursuivit Harjunpää —
à ma manière, en tout cas. On ne peut pas le nier.

— Mais toi, au moins, tu as fais ce que tu pouvais,
dit Norri avec sincérité, prouvant qu'il
n'était plus vexé et encore moins irrité qu'on
n'eût pas jugé bon de le tenir au courant, fût-ce
par de simples allusions. Mais réflexion faite,
Harjunpää ne pouvait jurer de rien — c'était si
déconcertant de voir que Norri n'était pas le
même Norri au bureau que chez lui, un chez lui
si différent de ce que Harjunpää s'était imaginé,
un véritable petit nid douillet, et de voir aussi
Norri sans costume ni cravate mais avec des pantoufles
et une robe de chambre sur un pyjama à
rayures verticales comme en portent les enfants à

278

Noël quand ils incarnent les rois mages pour la scène de la crèche à l'école.

— Mais je n'ai pas essayé comme il l'aurait fallu.

— D'une manière ou d'une autre, l'issue aurait été la même. Et tu l'as peut-être même retardée.

— Non... Je veux dire que je ne l'aimais pas, que je n'ai pas su avoir pour lui le minimum de considération que l'on devrait avoir pour n'importe quel être humain. Je ne pouvais même pas le toucher sans avoir l'impression de... Et j'aurais dû comprendre dès le début ce que tout cela signifiait. Mais dans la maison, on est tous un peu du genre à se régaler en voyant quelqu'un partir à la dérive et se précipiter vers sa perte.

Norri ne répondit pas, non pas parce qu'il considérait ces propos comme une attaque personnelle — son visage parlait pour lui — mais peut-être parce qu'il pensait lui-même ainsi depuis des années, bien avant Harjunpää. Une horloge sonna. Il était déjà très tard, minuit peut-être, et Harjunpää pensa que tout avait été dit mais que rien ne changerait, et qu'il était temps de partir, qu'il n'aurait même pas dû venir — pas à cette heure-ci, à l'improviste, ni dans un tel état de surexcitation. Mais il n'avait pas pu faire autrement après avoir découvert la feuille sur son bureau.

L'épouse de Norri sortit de la cuisine, et on pouvait supposer qu'elle avait été tout le temps présente et avait tout entendu, et c'était aussi bien ainsi. Ses cheveux était gris, son visage paisible. Elle remplit les tasses — y compris la sienne — avec le contenu d'un thermos et s'assit. Son visage était le visage d'une personne qui avait souvent été obligée de rester seule. Harjunpää touilla sa tasse et il lui vint en tête qu'il n'avait à aucun moment songé à appeler chez lui, pas même pour dire à Elisa qu'il était vivant. Et tout à coup il se dit que la femme de Norri n'avait eu de son mari pendant des années que des chaussettes à sortir du lave-linge et à étendre sur une corde. Tout comme Elisa. Il renifla et lâcha comme pour conclure :

— Peut-être qu'il ne supportait pas de rester seul. Il était toujours seul, partout. Personne ne l'aimait. Mais il ne savait pas s'y prendre. Voilà tout.

— Et Onerva, alors ? demanda l'épouse de Norri sans s'adresser à quelqu'un en particulier. Apparemment, elle s'y prend bien, non ? Et pourtant, elle est seule. Mais elle tient le coup.

— Elle a Mikko...

— Je ne pense pas que ça change beaucoup de choses. En tout cas, ça ne les facilite pas. Et ça donne plus de responsabilités. Mais peut-être que c'est mieux comme ça. Peut-être que de cette façon, on ne peut pas se permettre de s'apitoyer sur soi-même. Sorvari n'a pas toujours été seul, au fait... Il avait une compagne, non ?

— Oui, bien sûr. Je ne sais pas. Je ne sais plus où j'en suis.

Personne ne dit rien pendant un moment puis

Norri se leva et sortit de la pièce. Peut-être fit-il un signe à son épouse, car celle-ci se leva à son tour. On entendit peu de temps après un bruit, comme si une armoire était ouverte puis refermée. Par la fenêtre, on voyait le ciel et les étoiles, entourées d'un halo donnant à croire que le froid s'était encore intensifié. Harjunpää se rappela que Marketta se trouvait dans un état critique, que les médecins ne lui avaient pas donné beaucoup d'espoir, même si en matière d'espoir ils n'étaient guère compétents. Et il se dit qu'Elisa était encore sûrement debout et écartait les rideaux pour observer la cour chaque fois qu'un train arrivait. Et il pensa à Onerva et se demanda si elle était toujours pelotonnée dans son fauteuil, la couverture sur les épaules.

Norri revint, posa sur la table une bouteille et trois verres. Son épouse s'activait à côté, près du canapé. Peut-être étendait-elle un drap dessus. Le son lui était vaguement familier. Norri dit :

— Timo, appelle chez toi et dis que tu restes ici pour la nuit. Je pense que ce serait plus sage. Elisa comprendra très bien.

Harjunpää ne répondit pas. Il posa ses doigts sur la feuille placée sur la table, à côté de la bouteille. Elle était froissée. Il l'avait réduite en boule dans son poing pour la déplier ensuite. Le texte était imprimé en vert, comme la plupart des formulaires de police. Il s'agissait d'une demande d'heures supplémentaires exceptionnelles concernant Onerva, Bingo et lui-même. Puis il regarda

Norri, presque comme s'il lui demandait de donner une autre version de la situation et d'aboutir à une conclusion différente. Mais Norri fit un signe de dénégation et dit doucement :

— Il n'y a eu aucun malentendu. Comme je l'ai déjà dit... j'ai tout de suite contacté Vauraste quand j'ai reçu ceci, et Vauraste est allé voir Tanttu. Mais Tanttu est resté sur ses positions. Il a seulement déclaré que de son point de vue, il ne s'agissait pas d'une affaire qui justifiait l'attribution d'heures supplémentaires exceptionnelles... En outre, étant donné que d'après ses renseignements on n'est même pas certain qu'il s'agisse d'un homicide, et que l'auteur présumé de ce soi-disant homicide est recherché par vous mais aussi par la Brigade Financière et la Répression des Fraudes...

— Je... Vous maintenez que je ne dois pas mettre les pieds au bureau demain ? Onerva non plus ? On devra s'absenter toute la semaine, jusqu'à la fin de la période de trois semaines ?

— Oui. Je ne vois pas d'autre possibilité. Quand la grille d'heures est remplie, elle est remplie.

— Nom de Dieu ! Demain, on risque d'avoir des tuyaux ! La presse va étaler l'affaire au grand jour ! Et il ne nous reste plus beaucoup d'escaliers...

Harjunpää commença à masser vigoureusement ses tempes, puis constata à son propre étonnement que la rage qui s'était emparée de lui quand il était revenu de Mellunmäki et avait regagné la division s'était évanouie. En réalité, il ne ressentait même aucune déception.

— Avec les gars, on tâchera de trouver le temps de s'occuper de ces tuyaux, lâcha Norri sans conviction. Harjunpää acquiesça, même s'il comprenait que Norri n'avait dit ça que pour le réconforter. Il savait que la phase véritablement urgente allait commencer, maintenant que le meurtrier de l'architecte avait avoué — Norri, Härkönen et Vähä-Korpela devaient présenter au tribunal des preuves tangibles et irréfutables, de nouveaux témoins et une quantité incroyable de documents et rapports divers, et ils devaient rapidement dresser le procès-verbal puisque le cas relevait des Assises. Il savait que les dossiers concernant Helena et Vuokko traîneraient dans son tiroir sans que personne n'y touche, et quand il le ferait enfin lui-même, Torsten serait déjà désespérément loin, oublié. De nouvelles affaires prendraient la suite, et un jour viendrait où il transférerait la paperasse dans un des classeurs sur la tranche desquels était marqué à l'encre de Chine noire : VAINES RECHERCHES. Mais cela non plus ne l'affectait pas. Plus maintenant. Une sensation venait de s'emparer de lui. En fait, celle-ci avait tout le temps été présente, même si son apparence avait été jusqu'ici aussi confuse que le souvenir que l'on a d'un rêve lorsque l'on ouvre les yeux.

Il tressaillit, comme sous l'effet d'une terreur

soudaine ou s'il s'était éveillé en sursaut, chercha à tâtons son paquet de cigarettes sur la table pour le remettre dans la poche et se leva.

— Je dois y aller... Mais merci quand même. Et excusez-moi ce...

— Est-ce bien raisonnable ? Est-ce qu'il y a encore des trains qui...

— Oui. Au pire, je demanderai à quelqu'un de la division de me déposer.

Il se retourna vers l'entrée et constata que le canapé avait été déplié et le couchage préparé, mais cela ne le préoccupa aucunement, pas plus que le fait qu'il s'enfuyait presque et repartait aussi brusquement qu'il était venu — il pensa qu'en arrivant chez lui, il verrait en premier les skis de Pauliina, sur le perron. Il avait promis d'en réparer les fixations mais n'avait pas trouvé le temps de le faire, et la semaine de vacances s'était achevée sans que Pauliina eût pu une seule fois les chausser. Puis il pensa à Valpuri, comprenant soudain que sa fille se glissait chaque nuit dans leur lit juste pour pouvoir au moins être près de lui de temps en temps, le sentir. Et il comprit aussi que Pipsa n'aimait pas qu'il la prenne dans ses bras parce qu'il l'intimidait. Il se rendit compte qu'il était en train de faire de ses filles de nouvelles Helena et Vuokko ; à force d'être dédaignées, elles se retrouveraient prêtes à manger dans la main de n'importe qui, à payer même pour pouvoir le faire, et il ne voulait pas d'un tel avenir, il voulait que ses filles se sentent chéries et précieuses, même si le destin leur réservait une vie solitaire. Il remit son manteau et ses chaussures, marmotta encore une fois « merci » et « excusez-moi », ouvrit la porte et commença à descendre l'escalier. Il ne s'arrêta que lorsque Norri l'appela :

— Timo !

— Oui ?

— Essaie de voir tout ça différemment... Écoute, on a sûrement besoin de toi ailleurs. Tu dois avoir des choses plus importantes à faire...

— O.K...

Il continua de descendre et déboucha dans la rue déserte. Dans sa hâte, il dérapa et grimaça comme s'il avait voulu crier. Mais il ne cria pas, bien qu'il eût voulu le faire pour Bingo, pour Onerva et Marketta et même pour Elisa, et aussi parce que la distance était si désespérément longue, pas en termes de kilomètres ni de minutes, mais comme elle l'est toujours pour rejoindre l'autre, de sorte que rares sont ceux qui y parviennent — sinon personne.

DU MÊME AUTEUR

Aux Éditions Gallimard

Dans la collection Série Noire

HARJUNPÄÄ ET LES LOIS DE L'AMOUR, nº 2557 (Folio Policier nº 334).

HARJUNPÄÄ ET L'HOMME OISEAU, nº 2596 (Folio Policier nº 311).

HARJUNPÄÄ ET LE FILS DU POLICIER, nº 2480 (Folio Policier nº 165).

Composition Nord Compo
Impression Novoprint
à Barcelone, le 27 avril 2004
Dépôt légal : avril 2004
ISBN 2-07-031532-0/Imprimé en Espagne

129527